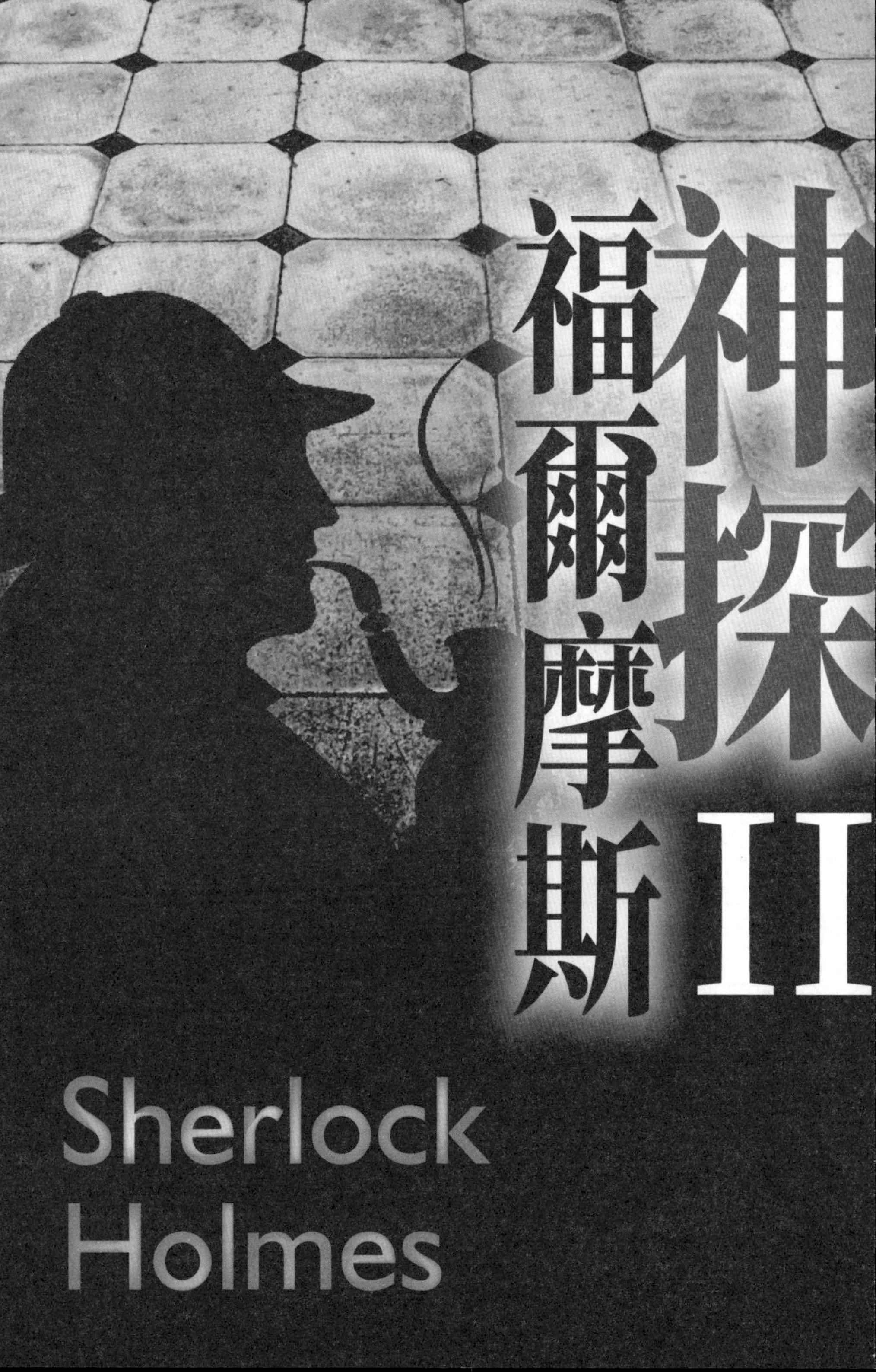
神探福爾摩斯 II
Sherlock Holmes

前言

英國作家柯南·道爾創作的福爾摩斯探案故事，一個多世紀以來一直風靡全球，成為現代偵探小說的經典之作，也成為後代偵探小說創作的典範。該作品已被譯成五十餘種文字，改編成兩百多部電影、電視劇集。這些膾炙人口、歷久彌新的作品滋養了一代又一代的偵探小說迷。

那個口銜菸斗、神態嚴肅、行動詭祕、神通廣大的偵探——夏洛克·福爾摩斯早已成為家喻戶曉的人物。人們幾乎忘了他只是個虛構形象，而把他視為真有其人的英雄，推崇備至。

小說中虛構的福爾摩斯住宅：倫敦貝克街二二一號B幢，已成為福爾摩斯偵探迷們朝聖的地方。如今已被改建成福爾摩斯博物館，每天都有絡繹不絕的人們前去參觀。至今該宅第仍會收到許多世界各地寄來的信件，信封上赫然寫著「福爾摩斯先生親收」的字樣。

柯南·道爾一生共創作了六十篇福爾摩斯探案故事。本書收入其中具有代表性的幾個短篇，如《波希米亞醜聞》、《身分疑雲》、《斑點帶子》等，多家報章雜誌，如英國《觀察家報》、《貝克街期刊》等在讀者調查中評選出來的、最受歡迎的幾個短篇佳作。

作者巧妙地設置了華生這個故事的記錄者和敘述者角色。在小說中，華生是福爾摩斯的助手兼發言人，掌握著種種第一手資料。

小說採用多種精采的敘述手法，各情節皆能自圓其說，論證嚴謹；小說中對驚險場面、緊張氣氛的描寫和烘托極為成功。

人物形象上，作為主角的福爾摩斯形象豐滿生動，集諸多身分於一體，是科學家、偵探、紳士、藝術家、英雄等，但並不是萬能的神。他如大多數人一樣乘坐馬車、火車出沒在倫敦各個地方；住在眾所皆知的旅館裡，閱讀《每日電訊報》和其他的報紙。他正義、寬容、仁慈，富有人情味；言談舉止不做作，富有幽默感。福爾摩斯的驕傲自負已經變成招牌的社交形象，但這並不有損於他的正面形象，反而使他顯得更飽滿真實。

不管是青少年、輕熟年甚至於中老年，不朽的經典佳作，一輩子總想要讀上幾遍。百年前的故事今日讀來依舊生動有趣，扣人心弦。閱讀本書，希望讀者能從福爾摩斯的思維方式中獲取啟迪，汲取智慧。

Contents

case 01

波希米亞醜聞

五年前一場與女歌手的浪漫邂逅，此刻讓波希米亞國王面臨著嚴重的醜聞危機，因為女歌手留著一張與國王的親密合照。

福爾摩斯的任務是在照片曝光之前取回它……

一八八八年的一個下午，我按照約定來到位於貝克街的房子，福爾摩斯並不在屋裡，掛在牆上的時鐘顯示下午三點。女傭說他是用完早飯後出去的，一直沒有回來，對於他將會在什麼時候出現，我毫無把握，但還是下決心等他回來。時間一分一秒過去了，屋外的陽光順著窗簾的縫隙直射在地板上，我不禁回憶起昨天那位神祕又尊貴的訪客。

昨天，大約也是這個時間，我前來探訪福爾摩斯。

一切看起來還是那麼熟悉。結婚後，我又重新開起診所。在這之前，我已經有相當一段時間沒見到我的夥伴，這總是讓我不由自主地想到，或許我錯過了許多精彩案件，每每此時，總會感到非常遺憾。正巧當天下午預約的病人取消了看診，我便乘馬車前來貝克街。

走進房間，福爾摩斯正坐在沙發上靜靜思考著什麼，看到我他顯得很高興：「噢，華生，好久不見。」他笑著指了指旁邊的沙發讓我坐下，然後從衣服裡掏出雪茄扔了過來，並用下巴點了一下放在角落裡的酒精瓶子和小煤氣爐。「我想你是適應婚後生活的，現在的你看起來更有光彩，我想，你比我上次見到你時重了七磅半。」我說是七磅。他又打量我一下，「華生，我想是七磅多一點。」

他觀察我左鞋鞋面上的六道裂痕，打趣地推論出我近期又開始行醫看病，還總是被雨淋，甚至還推論出我家裡有位笨拙粗心的女傭。「顯然，有人刮泥巴時粗心地製造了這些裂痕。我推斷你曾在壞天氣裡外出過，只有年輕而沒有經驗的女傭才會製造出那些難看的裂痕。而你走進屋內時帶來一股碘的氣味，以及你右手食指上有硝酸銀的黑斑，在帽子右側鼓起一塊，說明最近你用過聽診器。這些資訊足夠明顯了。」

「也許吧，最近有什麼有趣的案子嗎？你知道的，我一直都在記錄你那些有趣的案子。」

他走回沙發那裡，閒適地躺在沙發裡，輕輕闔上眼，嘴裡說道：「書櫃第二層的《大陸地名詞典》，你把它拿出來。」

我疑惑地走到書櫃前抽出了那本《大陸地名詞典》，上下左右地看了看，「它有什麼特別的嗎？」

「裡面有一張字條，大約一小時前郵差送來的。」

我抽出字條，字條不大，上面僅有三行字，不見日期和署名：

閣下近日為歐洲一王室效力，智慧非凡，令君欽佩，四方讚頌，如日中天，委託閣下，足可信賴。如此傳述，天下流傳。因至為重要之事與閣下相商，欲於今晚九時三刻到訪。來客如掩去面目，請勿介意為幸。

「這麼神祕，究竟有什麼陰謀？」我看了一下字條又說道，「這次的委託人大概相當有錢。這張紙品質上乘，一看就知道價格不菲。」

「這張紙還能告訴你這位相當有錢的委託人來自哪裡，你可以試著把紙往光亮的地方照照。」

我照做了，紙的中央有一個大寫的「E」和一個小寫的「g」、一個大寫「P」和一個大寫「G」以及一個小寫「t」交織在一起。

「我認為這該是委託人的名字縮寫，你覺得呢？。」

「一般人都會這麼認為，但是如果你夠用心，就該想到大『G』和小『t』代表的是『Gesellschaet』也就是德文中『公司』這個詞的縮寫。『P』代表的是『Paper』——紙這個不難判斷。最後的『Eg』，就在你打開拿出它的《大陸地名詞典》的那一頁上有解釋，讓我想想，是Egria，就是波希米亞，離卡爾斯巴德不遠。

我順著他的思路繼續分析，「這麼說來，這次的委託人來自波希米亞，而且還有著極深的背景或者知名度，否則又為何要以面具示人？」

「你分析得很對，我想是的，不然怎麼會用如此純種的馬匹駕車。他已經到了。」

樓梯處傳來沉重的腳步聲，這應該是一個體格健壯、性格穩重的人，果然，來人高大魁梧，衣著考究，雖然附著面具，但眉目之間仍有種尊貴的氣息。

「我是波希米亞世襲貴族，馮·克拉姆伯爵。」來人帶著濃重的德國口音，眼神在我們之間遊蕩，好像在判斷哪位才是他要找的人。

「你好，伯爵先生」，福爾摩斯說，「我是福爾摩斯，這位是我的朋友華生醫生，我們經常一同辦案。」

「我想你的朋友一定是位值得尊敬和信賴的人，希望你們能在兩年內對此保密，這件事至關重要，它直接影響到歐洲王室的利益。」

「我保證。」

「我也保證。」

這位奇怪的來訪者喋喋不休地描述背景，在他看來這件事非常糟糕，可能會引起一件大醜聞，他必須阻止，否則會直接威脅到至高無上的歐姆斯坦家族——波希米亞世襲國王。

「如果事件的過程能夠講得更詳細些，比如究竟發生了什麼，」福爾摩斯繼續說，「我會更方便為您效勞，國王陛下。」

聽到這裡我吃了一驚，但顯然有人比我更吃驚。他突然激動起來，快速地從沙發處走到窗口，看了一眼下面的馬車，又緩緩踱步回來。最後，他慎重地摘下面具並用力捏在手裡。

「我就是國王，你說對了，我就是國王。」他大聲說道。

福爾摩斯緩緩點燃一支雪茄，「我知道站在這裡的是波希米亞的世襲國王——卡斯爾·費爾施泰因大公，早在您開口之前我就知道了。請談談想委託的事情吧。」

國王似乎失去了原本的架勢，想了一會兒，開始緩緩地回憶。

一切從五年前開始，國王還是王儲的時候做過不少風花雪月的事，在一次去波蘭訪問途中，他結識了年輕美貌、大名鼎鼎的歌唱家愛琳·艾德勒，之後兩人墜入愛河，開始了新鮮又刺激的祕密戀情。

福爾摩斯從書架中抽出資料，「找到了！愛琳·艾德勒，女低音，華沙帝國歌劇院首席女歌手，生於新澤西州，現年三十歲，已退出歌劇界定居英國倫敦。」他邊說邊走回躺椅，繼而一邊思考一邊緩緩說道：「陛下曾和這個年輕的女人有過來往，或許留下一些書信之類的東西在她那裡，而現在，陛下想把它們拿回來，是這樣嗎？」

國王陛下表示認同，但同時也否認兩人曾祕密結婚，他只是說在那位女士那有一張他的照片。

「這不成問題，可以說是買來的。」福爾摩斯很快說道。

「可是，那是我和她的合影……那時我還很年輕，沒考慮太多。事實上，現在我也只有三十歲。」

「陛下沒有想過把那張照片拿回來嗎？」

「我試過很多辦法，但都沒有成功。據我瞭解，那張照片她絕不賣，所以我才想了很多其他辦法去把它拿回來。我曾經雇小偷三次在她不在家的時候搜尋她的房子，還試圖在她演出時調換她的行李，甚至還扮成匪徒對她攔路搶劫。能想到的辦法我都用盡了，可是都沒有找到。」

思考了片刻，福爾摩斯將手裡的菸熄滅，「這實在是一件再簡單不過的事情。」

這種輕蔑的態度顯然惹惱了這位國王，「雖然簡單，卻是非常嚴重的事情。」他不悅地答道。

「確實嚴重，但她拿照片究竟有什麼用？」

原來，這位國王之所以著急拿回照片，是因為婚期在即，波希米亞未來的王后將是納維亞國王的二公主克洛蒂爾．洛特曼．馮．達克斯邁寧根。這位公主性格極為敏感，且整個達克斯邁寧根家族有著非常嚴苛的傳統。也就是說，如果戀情曝光，婚禮很可能被取消，那將使整個波希米亞王室蒙羞。

但照片的主人威脅將要公開那張照片，這實在是一件棘手的案子。

「我瞭解她，她說到做到。你不知道，她雖然外表溫柔如水，美麗動人，但其實內心極其堅定強悍，冷靜得可怕，相信如果我跟其他人結婚，她會不惜一切將我毀掉。」

「那麼，照片現在在哪，是否已經送出去了？」

「我敢肯定還在她那裡，她曾經說，她要在婚約公佈的當天毀了我，就是下週一。」

「哦，今天週四，不必擔心。」福爾摩斯打了個呵欠，「交給我來處理，屆時我會寫信告知您進展情況。」

國王憂心忡忡地表示感謝，並留下自己在倫敦的地址——蘭厄姆旅館，用的名字仍是馮．克拉姆伯爵。看來在拿到照片之前，他沒有心情關注其他事情。關於酬勞國王陛下相當慷慨，似乎只要我們拿回照片，他願意用最珍貴的領土來交換，甚至還預付了大額的定金。臨走前，他不忘告訴我們那個女歌手的住址——聖約翰伍德，塞彭泰恩大街，布里翁尼府第，並一再叮囑我們照片大小為六英寸。

待他離去，福爾摩斯跟我約定了今天見面的時間，只是，他現在究竟去了哪裡？

大約四點過幾分鐘，進來一個喝醉酒的馬伕。他衣衫襤褸，面紅耳赤，看起來喝了不少。我看了他一眼，便轉過身去繼續等待。突然，我想到自己真是太久沒跟他一起辦案了，居然連他慣用的易容術都差點忘記。我又轉過身看了這位馬伕一眼，然後自嘲地笑了笑——儘管我對他出神入化的化裝術早已習以為常，可還是要再三審視才敢肯定真的是他。福爾摩斯看到我，定了定神，眼中清明一片，不再是剛才的混沌無神。他嘴角微揚，向我點點頭就進了臥室。再次出現在我面前時，已經恢復了往日優雅的紳士形象，微笑著看我，彷彿遇到什麼令人開心的事，緩緩走過去坐在沙發上舒展身體，然後突然大笑了起來。

一會兒，他起身按了一下電鈴，對女傭說：「一些滷牛肉，還有一杯啤酒。」然後轉過身來，此時他臉上的笑容已經隱去，只餘眼角還略帶笑意，「今早的收穫很大，簡直出乎意料。仔細聽我說完。」

他上午果真扮成馬伕去了愛琳．艾德勒的住所——布里翁尼府第，混在那些整日替艾德勒小姐駕車的車夫中間，打聽到最真實的近況。

據他們描述，愛琳小姐容貌秀美，身姿曼妙，且聰慧乖巧，說是天底下最迷人的女人也不為過。所有的男人都會拜倒在她的風姿之下，這是整條大街馬伕的共識。愛琳小姐的生活簡單而寧靜，每天下午五點會去音樂會，演出結束後七點回家吃晚飯，除此之外，很少能夠看到她。與她來往的人很少，比較頻繁的是一位男仕，而且她只同這一位異性交往。他叫戈弗雷．諾頓，住在坦普爾，據說年輕英俊，膚色黝黑，充滿朝氣，是一位律師。他們幾乎天天見面，地點就在艾德勒女士家中，有時他甚至一天來兩次。

打聽到這些消息後，我的朋友便開始在布里翁尼府第附近漫步徘徊，密切關注府內的情況。

那是一幢別致精巧的小樓，共兩層，後面有個花園。因為樓房面對著馬路，所以門上掛著鎖。從外面看來，起居室裝潢的很華麗，位於右側，窗戶到達地面，只是那些可笑的窗鎖完全中看不中用。除此以外，並未發現任何令人感興趣的地方。

福爾摩斯在小樓外徘徊的時候，一直在思考這個戈弗雷．諾頓的情況，顯然他是這件事的關鍵性人物。他是一位律師，這似乎大有不妥。他們兩人之間究竟是什麼關係？他頻繁出入她的府邸到底有什麼目的？如果他已經成為這位女士的委託律師，那麼，照片可能已經不在她那裡。如果他們是情侶，那情況會大大不同，她應該會對他隱瞞有關照片的事情。

「你知道嗎，」福爾摩斯饒富趣味地看著我說，「這個時候，有趣的事情發生了。」

一輛雙輪馬車停在布里翁尼府第門前，接著由車內跳出一位紳士，沒錯，是跳出來的。那是一個長得非常漂亮的男人，深棕色的皮膚，身材勁瘦，鷹鉤鼻，小鬍子——顯然就是經常造訪這裡的那位男士。他看上去似乎很著急，一邊走向大門一邊大聲吆喝車夫等著他。女僕聽到聲音從裡面出來開門，見到他時並未顯示出什麼特別的神色。接著他在起居室裡出現，他們在那裡談話，從外面的窗戶只能看見他踱來踱去，時而揮舞雙臂非常興奮，時而略微做思考狀，自始至終不見女主人身影。

大約半小時後，他走出來，看上去比剛才更著急的樣子。他很快走到馬車前，從口袋裡掏出一塊金錶，對著馬伕大聲喊道：「要快一點，先去攝政街格羅斯．漢基旅館，然後到埃奇豐爾路聖莫尼卡教堂。一定要在二十分鐘之內趕到，我會多給你半個畿尼。」

◈

他們一下子就走了，真是瘋狂的馬車。不過兩、三分鐘時間，從小巷裡忽然又來了一輛四輪馬車。那馬車夫顯然是剛剛接到緊急任務，上衣的扣子只扣了一半，領帶歪在耳邊，車還沒停穩，就由大門飛奔出來一位美麗的女士，一頭鑽進車廂。只那一眼，福爾摩斯已可判斷她就是那位艾德勒小姐，剎那的風姿足以令人傾倒。

「約翰，去聖莫尼卡教堂，」她的聲音從車內傳來，「能在二十分鐘之內趕到那裡的話，我會賞給你半鎊金幣。」

說到這裡，福爾摩斯顯然很興奮：「華生，這可是絕好的機會。我正在猶豫是攀在車後還是抄小道過去時，從我身後來了一輛出租馬車，我攔下他，儘管他對我的裝束不屑一顧，但我已經跳進車裡，然後對他說，『聖莫尼卡教堂，這裡是半鎊金幣，必須在二十分鐘之內趕到那裡。』我記得很清楚，當時是十一點三十五分，教堂，十二點之前，多麼美好的組合，這真令人驚奇和興奮。」

我聽著也有些莫名的緊張。

「坐在這輛可以說是風馳電掣的馬車裡，我感到自己從未趕得這麼快過，當我到達教堂的時候，那兩輛馬車已經停在那裡。我急忙下車走進教堂。教堂裡別無他人，只有一個牧師和我追蹤的那對男女，他們三個人圍在一起站在聖壇前。我就像偶爾浪蕩到教堂裡的其他流浪漢一樣，信步順著兩旁的通道往前走。牧師身穿白色法衣，好像正在勸告他們什麼。忽然，這三個人發現了我，他們同時轉過頭來看著我。戈弗雷・諾頓甚至拼命向我跑來，彷彿怕我會馬上離開，這不能不使我感到驚奇。」

我預感到要發生什麼，這時福爾摩斯頓了一下，又喝了一口啤酒接著說：

「在他狂熱的態度和殷勤的目光中，我被半拖半拉地拉上了聖壇。我的大腦出現了短暫的迷茫，彷彿不受理智控制，這實在超出了我的意料。等我回過神時，才發覺自己正喃喃地做著他們希望我做的事——為我一無所知的事作證。為站在我面前的愛琳・艾德勒和戈弗雷・諾頓證明他們單身的事實，幫助他們在法律上緊密地結合在一起。」

「這整個過程完成得很快，完全不似一般婚禮的隆重、繁瑣。接著年輕的新郎在我右側、新娘則在我左側對我表示感謝，牧師在我正對面向我報以天使般慈悲的微笑。」

我感到有點啼笑皆非，我終於可以理解福爾摩斯剛進門時的大笑了。「華生，我想這是我有生以來，遇過的史無前例的荒謬場面。剛才我一想到這件事就忍不住大笑起來。如果不是我跟蹤他們，那他們的結合就缺乏合法的證明，而我自己，這位尾隨其後的不速之客的出現，居然幫了他們一個大忙，至少使新郎不至於在五分鐘內跑到大街上去找一位儐相，實在有趣至極。結束的時候新娘賞給我一鎊金幣，這可真是不錯的紀念品，我打算把它拴在錶鏈上戴著。」

「這真是完全出乎意料，」我不禁也笑道，「這樣看來，對我們倒是一個好消息，後來又怎樣？」

福爾摩斯收起笑容，「算是個好消息，但是你不覺得他們這麼急著結婚，必定是遇到什麼其他足以影響他們的事，他們有可能馬上離開這裡。我的計畫可能得作出改變，必須馬上採取措施，越快越好。

他們在教堂門口分手時，他坐車回坦普爾，而她則回到自己的住處。臨走前她還對他說：『今天還和往常一樣，五點鐘我坐車到公園去。』然後我也離開了那裡。」

「對他們結婚這件事和照片的關係，你怎麼看？」我問道。

「這麼說吧，他們結婚這件事把事情簡單化了。對那位夫人來說，照片現在變成雙刃劍，她可以拿它來威脅波希米亞王室，但很可能也害怕它被戈弗雷・諾頓看見，我想任何一段新感情都容不下瑕疵，正如我們的委託人所擔心的。目前最要緊的問題是，我們必須趕在他們可能採取下一步行動之前拿到照片。」

「她會不會放在貼身的什麼地方？」

「這種可能性是最小的。她知道國王派人攔劫和搜查過她，類似的嘗試已經發生過兩次，她帶在身上並不安全。六英寸的照片，要藏在女人的衣服裡而不被發現，這件事的難度並不小。我們可以推斷她不會隨身帶著它。」

「除此之外，我覺得也不會在她的律師手裡。儘管不排除有這樣的可能，但我覺得這些都不現實。女人的天性讓她們熱衷於隱藏，她們最相信的就是自己，她們喜歡採取自己的方法來保密，而且對此非常自信。還有最重要的一點是，她馬上就要利用這張照片，我斷定照片就在她屋子裡，在她隨手可以拿到的地方。至於國王提到之前幾次的行竊行動失敗，我想是他們根本找錯地方了。」

「那麼我們要怎麼才能找得到呢？」

「我們不用找，我會讓她把照片拿給我看。」

不能不說，我心裡對此充滿了疑惑。這時福爾摩斯已經吃完了那些牛肉和啤酒，他優雅地拿起手巾擦嘴，「現在快五點鐘了，我的時間所剩無幾。華生，我需要你的協助。」

「很樂意，不論什麼事。」我聳聳肩說道。

「對你的信任我表示感謝。我們必須在兩個鐘頭內趕到艾德勒小姐，不，是夫人的家，這位夫人將在七點鐘驅車歸來。我們要在布里翁尼府第門口與她相遇，具體計畫我在車上跟你詳述。現在我要為我即將扮演的新角色做些準備。」

說完，他步履輕盈地走進臥室，我想他一定有了什麼極佳的主意。坐在沙發上，我拿起雪茄盒在手裡把玩著，心想他這次究竟要以什麼身分出現，大約十分鐘左右，從臥室走出一個和藹可親而單純樸素的新教牧師。福爾摩斯換了裝束，他的表情、眼神，甚至靈魂似乎都成為這個嶄新角色的一部分。他頭戴一頂寬大的黑帽，身穿一條寬鬆下垂的褲子，還有那紮得一絲不苟的白色領帶，包含仁慈之心的微笑，以及那種安靜、專注、悲憫的神態，儼然就是一位受人敬重的上帝使者。如果不當偵探，我想他一定會成為一名極其出色的演員。

◇

六點一刻，我們一起上了馬車。在車上，他一邊整理黑帽的拉繩，一邊解釋我要做的那部分，「到那裡以後的事我來進行，一切我都有所安排，只是有一點你必須牢記——不管發生什麼情況，不管你看到什麼，一定不要干預。明白嗎？」

他的態度很嚴肅，我鄭重地點點頭，並說：「我知道了。」

「好，或許會有些不愉快的事情發生，但我向你保證，那沒有關係。等我被送進屋子時，這種不愉快的事就會結束的。然後，起居室的窗戶將會打開。關於別墅的結構，我之前向你描述過，起居室是唯一視線可及的地方，記得要在靠近打開窗戶的地方守候，注視房間內的情況。一定要緊盯著我，我會總是在你看得見的地方。注意我的動作，像這樣，我一舉手，你就把這個東西扔進屋子。然後，跑到院子裡大喊『失火了！』。」

他從口袋裡拿出一支像雪茄模樣的捲筒遞給我，「這是一支可以自燃的普通煙火筒。你把它扔進房內，高喊失火後，趁著人們趕來救火的混亂場面，你可以走到街的那一邊。在那裡等我，我會儘快和你會合。」

我在心中默默回憶整個步驟，起居室，視窗，看到信號扔煙火筒，然後大喊『失火』，乘亂去街角。「好了，我想我完全明白了，你就瞧我的吧。」

「好，我們已經到了。」

我們到達塞彭泰恩大街的時候，距女主人回來的時間還有十分鐘。天色已經暗下來，過了片刻，就亮燈了，這所房子正如福爾摩斯向我簡單描述的那樣，站在這個位置能夠很清楚地看到起居室內的情況。只是周邊的環境不像我預期那麼平靜，相對於附近地區都很安靜的小街來說，它顯得十分熱鬧，對面巷口有一群穿著破破爛爛，抽著菸的人，還有兩個做生意的小販和兩個正在說笑的警衛。我不知道這裡平常是怎麼樣的，但今天的一切在我看來都非常古怪。

「華生，」福爾摩斯說道，「我聽見她的車輪聲了，還記得我說的話嗎，準備行動。」

說著，一輛漂亮的四輪小馬車從街角出現，輕盈地駛到布里翁尼府第門前停住。馬車剛一停穩，兩個流浪漢同時跑上前去準備開門，希望賺點錢。後來兩人開始爭吵，兩個警衛和做生意的小販分別支持不同的人。很快地爭吵聲升級，接著不知誰先動手，雙方開始廝打，正巧這位夫人一下車，就被糾纏在一起的人群包圍。

這時，福爾摩斯扮演的牧師猛地衝入人群中去救夫人。剛到她的身邊，就發出慘叫，接著應聲倒地，只見他臉上鮮血直流，像是受了很重的傷。眾人一見，愣了一下後便一哄而散。這時，別墅裡出來一些人為夫人解圍，並順帶照顧了地上的牧師。愛琳夫人快步跑進院子。但是她在即將進門的時候停住了，回頭向身邊的女傭說了什麼就消失在門口，接著女傭出來走到福爾摩斯跟前，問了問傷勢，又仔細瞧了瞧，這時有人說他已經死了，緊接著一個女傭說：「他是個勇敢的人，要不是他的話，那些流浪漢早就把夫人的錢包搶走了。那些流浪漢是一夥的，真是粗暴的傢伙。哦，他現在能呼吸了。」

這時那位奉命下來查看的女傭說：「把他抬進起居室吧，夫人很感激他。」

這時，過來好幾個人，七手八腳地把他抬進布里翁尼府第，安置在正房裡。這時我快步走上前去，站在靠近窗戶的地方，密切關注整件事情的發展。燈都點燃了，可是窗簾沒有拉上，我清楚地看到福爾摩斯被安放在長沙發上。說實話，我對這種欺騙的行為感到些許愧疚。但目前來說，我不能背叛我的朋友，我定了定神，從外套裡取出煙火筒。

牧師靠在那張長沙發上，他看上去很需要空氣的樣子。一個女僕匆忙走過去把窗戶推開。就在那一刻，他舉起了手。這是我們約定的信號，我迅速把煙火筒扔進屋裡，然後後退幾步高聲喊道：「失火了，失火了！」

我的喊聲才落，剛才在門外看熱鬧的那些人，紳士、小姐、馬伕、女僕、流浪漢、小販，都齊聲尖叫起來：「失火了，失火了！」一時間濃煙滾滾，從整個小樓瀰漫開來，人們爭先恐後地從樓裡跑出來。我沒有馬上離開，又站了片刻，聽到從房裡傳出福爾摩斯的聲音，他讓大家不必驚慌，這是一場虛驚。

我馬上穿過混亂的人群，跑到我們約定的地點。不到十分鐘，我就看見福爾摩斯快步地向我走來，沒有說話，拉著我馬上離開了喧囂的現場。

等到終於走到一個安靜的地方，他說：「醫生，你幹得真漂亮，我知道照片在哪兒，我看到它了。」

「詳細跟我說說。」

原來，今晚發生的一切都是事先安排好的，那些製造混亂的流浪漢、警衛和小販都是福爾摩斯僱來的，只為了演一齣戲，讓那位牧師堂而皇之地進入那座小樓。

當兩邊開始爭吵起來的時候，福爾摩斯衝上去用手掌裡濕的紅顏料抹臉，迅速製造出受傷很重的可憐樣子，成功地博得了夫人的同情。

接著他被抬進起居室。在此之前，他已經懷疑照片在起居室，或者夫人的臥室。他裝作需要呼吸新鮮空氣的樣子，然後女傭打開窗戶，為我製造了機會。

「可是，我的朋友，我還是不太明白，為什麼要放火呢？」

「這就是最關鍵的部分。當一個人得知他的房子著火，一切可能毀於一旦的時候，他會做什麼？一定會本能地搶救他最珍貴最有價值的東西，這是天性，特別是對於女人來說，這個特性更加明顯。而我們之前的線索已經表明，在這座房子裡，對主人來講最重要的無疑就是我們要找的那張照片。她一定會奮力搶救它。

她的反應很快。照片就放在走廊牆壁的壁龕裡。雖然她在那地方只待了一會兒。她抽出照片的時候，一眼被我看到。然後我馬上高喊那是一場虛驚，她又把它放回去。她看到了煙火筒，之後就奔出屋子再沒出現。接著我站了起來，找藉口要透風，偷偷溜了出來。」

「你沒有當下就把照片拿到手嗎？」

「實際上，我這樣想過，但是當時馬車夫進來了，而且他很注意我，因此我沒有動手，我想這樣似乎安全些。輕舉妄動只會把整件事情搞砸。」

「那我們什麼時候動手？」我問道。

「到目前為止，我們的調查實際上已經完成了。我已經寫信給國王，明天我們一同去拜訪愛琳夫人，據我瞭解，她一般會在上午九點左右起床，我們八點鐘去，趁她還沒有起床，我想到時有人會把我們引進起居室裡，然後陛下可以親手拿回照片，等她打扮好出來會客時，我們已經消失了，當然一同消失的還有那張照片。」

這聽起來是個很不錯的計畫。

◈

我們走到貝克街，在門口停了下來。福爾摩斯正從口袋裡掏鑰匙。

這時傳來一個聲音，「晚安，福爾摩斯先生。」

福爾摩斯看起來很驚訝，這時在人行道上有好幾個人。不知道究竟是誰發出的聲音，好像是之前那個身材細長、身穿長外套的年輕人匆匆走過時說的。

我這位夥伴凝視著昏暗的街道說，「我以前聽過那聲音，可是想不起來那到底是誰。」

當晚，我在貝克街過夜。

第二天一早，我們正在吃早餐的時候，波希米亞國王破門而入：

「我真的能拿到那張照片了嗎？」他急切地看著福爾摩斯的臉高聲喊道。

「我想是這樣。」

「那我們還等什麼，現在就去吧。」

福爾摩斯拿起手帕拭嘴，時鐘上的時間顯示著上午八點整，我們一起走下臺階，上了國王的四輪馬車。

「愛琳・艾德勒已經結婚了，就在昨天。」福爾摩斯說道。

「跟誰？」

「是一名律師，他叫諾頓。」

「她不會愛他。」

「我理解您的心情，但我不這樣認為，我寧願她愛他，因為這樣就可以從根本上消除陛下一直擔心的，將來可能發生的麻煩事。這樣說好了，如果這位女士愛她的丈夫，那麼她就不愛陛下。當然她也就沒有理由干預陛下的生活。」

「你說得有道理。只是，哎……」他的眼神黯淡下去，「如果她和我的身分一樣多好，你們不知道她有多麼優秀，她一定會是一位了不起的王后！」說完他又重新陷入憂鬱的沉默中。

我們終於到了目的地，情況似乎不妙，那位夫人的小樓的大門敞開著。臺階上站著一個婦女，看上去年紀不小，奇怪的是，她正用一種讓人很不舒服的眼光瞧著我們。

「我想三位中必有一位是夏洛克．福爾摩斯先生。」她說道。

「我是福爾摩斯。」從他的語言中我能感覺到我這位夥伴的驚奇和詫異。

女僕告訴我們，愛琳夫人已經知道我們今天會來，只是她已經在早晨五點十五分乘火車到歐洲大陸去了，和她的丈夫一起。

國王看起來似乎快要絕望了，「一切都完了！」

這真是巨大的打擊，福爾摩斯懊惱得臉色發白。「我們要看一下。」福爾摩斯迅速繞過婦人，奔進起居室，國王和我緊跟在後面。

屋內一片狼藉，很難想像昨天它還是那樣優雅、別致、井井有條。傢俱亂七八糟地堆在地上，抽屜被拉開，櫃子的門也來回晃著。福爾摩斯衝到走道拉鈴的拉繩的地方，打開一扇小拉門，伸手進去，拿出一張照片和一封信。

但是照片並不是我們要找的那張，這是愛琳．艾德勒本人穿著晚禮服的單人照。信封上寫著：「夏洛克．福爾摩斯先生親收。」我的夥伴疑惑地把信拆開，上面的日期是今天凌晨。

信中這樣寫道：

親愛的夏洛克．福爾摩斯先生：

你的確是一位出色的偵探，我自歎不如，完全被你矇騙了，我想你是利用了火警發生時我的反應，而實際上，在這之前，我一點懷疑也沒有，直到親自暴露了自己的祕密，我才開始回想整個過程。

我早知道你可能介入這個案件。幾個月前，就有人警告過我，他們說如果國王要委託一名偵探的話，那一定是你，你為歐洲幾個王室辦的幾件漂亮大案一定會打動國王。而且，我還知道你的地址。只是儘管我時時提醒自己要小心，還是中了你的圈套，甚至在我開始懷疑之後，我還是難以說服自己去相信，那樣一位慈眉善目、溫和可親的牧師會別有企圖。

之後，我迅速行動起來，因為我自己本身也是一名演員。反串對我並不生疏。所以我派馬車夫進屋去監視你，然後上樓換上我平日散步時穿的男裝，再次下樓的時候，你正好離開。顯然你並沒有注意到，這讓我一直尾隨著你們走到貝克街大門口，這下我完全可以肯定國王確實委託了你這位鼎鼎大名的偵探。於是，我開口祝你晚安，之後動身到坦普爾去看我的丈夫。

我告訴他事情的經過，我們都認為這樣的生活缺乏安全感，所以我們決定離開倫敦，因此當你看到這封信的時候，會發現這裡早已人去樓空。

關於照片，我留下它只是為了保護自己。這張照片能在有生之年保證我不受到來自他的任何傷害。同時，讓你的委託人放心好了，我丈夫是一位優秀的男人，我愛他，而他也愛我。國王盡可以做所有他願意做的事，絲毫不必顧慮曾被他傷害的人會對他產生何種妨害和威脅。我現在留下一張照片作為事件完滿但並不完美的結局，也許他願意收下。

謹此向您致意。

愛琳．艾德勒．諾頓敬上

看完這封信，波希米亞國王不禁發出感慨：「多麼了不起的女人啊！多麼了不起的女人！正如我之前告訴你們的那樣，她是多麼機敏和果斷啊，多可惜她和我的地位不一樣，否則她一定是一個令人欽佩的王后，美麗而又聰慧的女人。」

「如果人的等級是由思想決定，你們的『地位』的確很不一樣。我很遺憾沒能給陛下一個更為滿意的結局。」福爾摩斯冷冷地道。

國王陛下顯然不這麼認為，「偵探先生，恰恰相反，沒有比這個更令人滿意的結局了。她一向言出必行，她這樣說，那必是完全打消那樣的念頭了，對此，我再放心不過。那張照片對我來說已經沒有任何意義了，甚至比親眼看著它化為灰燼更讓我安心。我對你真的感恩不盡。酬勞方面你隨便提。這只寶石戒指希望你收下。」說著他從中指上脫下一只蛇形綠寶石戒指，托在手掌上遞過來。

「首先我很高興聽到陛下的危機解除了。但是，陛下，我認為還有一件更有價值的東西。」福爾摩斯說道。

在國王詫異的目光中，福爾摩斯輕輕拿起照片，「這張照片！」

國王驚訝地睜大眼睛注視他。「愛琳的照片！好吧，如果你想要，當然可以。」

「謝謝陛下。這件案子現在就算結束了。祝您早安。」他鞠了個躬便轉身離去，在此之前，他的目光一直不曾撇向國王手掌上托著的那個東西。

事情過去很久之後，福爾摩斯仍然對愛琳夫人懷有敬意，每當提起她，總是尊稱她為「那位女士」。

Sherlock Holmes

神探

福爾摩斯 II

case 02

身分疑雲

星期五早晨，一場婚禮即將在教堂舉行。新娘和新郎坐不同的馬車同時前往婚禮現場。

新郎的馬車緊隨新娘的馬車到達了教堂，可是，新郎卻不見了……

星期五早晨，位於皇家十字路口的聖救世主教堂異常安靜，一場婚禮將要在這裡舉行。新郎霍斯默．安吉爾先生一大早就乘著一輛雙輪雙座馬車來到新娘家中。新娘瑪麗．薩瑟蘭小姐和母親一起坐上了這輛雙輪雙座馬車，而新郎則坐上了旁邊的另一輛四輪馬車。

馬車朝著教堂的方向奔去。新娘的馬車剛到達不久，新郎的馬車就到了。在久久等不到新郎下車之後，薩瑟蘭小姐急忙去掀開四輪馬車的簾子，令她吃驚的事發生了！新郎安吉爾先生失蹤了！她著急地詢問車伕，車伕也驚慌失措，他結巴的說自己親眼看到新郎上車的，怎麼一會兒就不翼而飛了呢？

新娘趕快詢問母親該怎麼辦才好，母親也是非常驚訝，然後生氣地說：「霍斯默．安吉爾先生怎麼能在結婚之日棄妳而去呢！」她要女兒忘記霍斯默．安吉爾先生，還希望以後不要再提起這件事了。

回到家後，薩瑟蘭小姐就將此事告訴了她的父親溫蒂班克先生。父親安慰她說一定會有霍斯默．安吉爾先生的消息的，不要擔心。但是接下來的一段時間內，她的父親一沒報警，二沒找私家偵探，什麼措施都沒採取，一直只是安慰說：『沒事，沒事』。薩瑟蘭小姐的心裡很不是滋味，她實在沒有辦法了。每每想到安吉爾，她的心裡就異常痛苦，她常常寢食難安、夜不能寐、以淚洗面。而母親卻視若無睹，還一直勸她忘記安吉爾。

某天，薩瑟蘭小姐從埃思里奇太太那裡聽到福爾摩斯的名字。埃思里奇太太告訴她說，當員警和大家都以為她丈夫已死的時候，是福爾摩斯先生幫忙找到了她的丈夫。薩瑟蘭像遇到救星一樣，這天早晨急匆匆地朝福爾摩斯先生家走去。

在貝克街，我和朋友福爾摩斯正在壁爐前聊天。我們聊著日常發生的事情，福爾摩斯突然說：「夥計，其實生活要比我們想像的好玩千百倍。如果我們能翱翔在空中看看每個人家裡發生的事情，我們會驚訝地發現，雖然這些事情日復一日地重演，但結局卻千差萬別。這些故事比那些一看開頭就知道結局的小說有趣多了。」

「並不都是這樣吧！」我回答說，「刊登在報紙上的案件通常都是千篇一律而又庸俗不堪的。就拿這一篇報導舉例（我隨手拿起一份報紙）吧，《丈夫虐待妻子》，不看內容我就知道這其中肯定又涉及另一個女人，或者是拳打腳踢，或者是狂歡濫飲，抑或有同情心的房東或者姐妹等。這些案例的結果往往無趣又沒藝術性可言。」

福爾摩斯笑道：「呵呵，判案的效果如果加點選擇和判斷會有意思很多，但是員警的報告往往將重點放在陳腔濫調上了，他們很少關注案件中那些不可或缺的細節，所以這些案例少了很多趣味。但是你剛才舉的例子並不能恰當地說明你的結論。」

他掃視了一眼我手中的報紙，接著說道：「這個案子是關於鄧達斯家分居的，我還參與搜集了一些重要線索。鄧達斯先生滴酒不沾，也沒有第三者，你能想像他被指控的罪行嗎？那是一般講故事的人絕對想像不到的，他被指控的罪行是每當他用餐結束的時候，他總是將假牙摘下來扔向他的妻子。哈哈，華生，從這個案例可以看出我的結論是正確的，給我點鼻煙。」

「那你最近在忙什麼案件呢？」我好奇地問。

「有十來個案件吧，雖然這些案件都不是很有趣，除了馬賽要求我解決的案件比較複雜外，其他案件都挺枯燥的。然而，我發現在這些枯燥的案件中如果加入一些觀察和因果關係的話，它們會有趣很多。而且如果案子越大，它的結果往往就越簡單，因為一般來說罪行越大，它的作案動機就越明顯。」

福爾摩斯突然站了起來，走到窗子旁邊，注視著街道說：「馬上就會有一個很有趣的案件。」我順著他肩膀的方向向外看去，看到樓下有一位女士不時地仰頭看我們的窗戶，突然她飛快地穿過馬路，很快地，我們就聽到樓下傳來刺耳的門鈴聲。

我和福爾摩斯正在推測這位女士可能發生什麼事，男僕就進來報告瑪麗．薩瑟蘭小姐來訪。話音未落，一位小姐就衝進屋內，只見她脖頸上圍著厚皮毛的圍巾，頭上還斜戴著一個大而捲曲的寬邊帽子，只是她神色緊張，手指還不時地撥弄著手套上的鈕扣。

福爾摩斯以優雅的態度歡迎了她，並請她在長椅上坐下。他隨手帶上門，並向她微微鞠躬，然後以他特有的心不在焉的姿態快速打量她一番。

「你眼睛的視力不好還要打字，不吃力嗎？」他說道。

「起初的時候會感到很吃力，但是後來熟練了就知道鍵盤上字母的位置，也不覺得吃力。」薩瑟蘭小姐突然意識到福爾摩斯問話的意圖，本來和善的臉龐上呈現出驚訝和害怕之色。她叫道：「你怎麼知道這些的，福爾摩斯先生，你打聽過我嗎？！」

福爾摩斯笑著說：「別緊張，觀察和瞭解別人是我的工作，我已經習慣性地根據細節作出一些判斷了。如果連這些都做不到的話，你又怎麼會來找我？」

◈

稍稍平靜一些後，薩瑟蘭小姐開始細述此趟前來的緣由。

薩瑟蘭小姐將自己結婚當天發生的事情告訴福爾摩斯，並祈求福爾摩斯幫助她找到新郎安吉爾。她說：「我雖然收入不多，但每年還有一百英鎊的收入，如果可以得到安吉爾的消息，我願意把這些錢全部給你。」她的急切和焦慮全寫在臉上。

待她講完父母對此事的看法後，福爾摩斯先生問道：「溫蒂班克先生不是你的親生父親吧！你們不同姓。」

「是的，先生。他只比我大五歲零兩個月，我還叫他父親，很好笑吧！我父親去世後，母親就嫁給了比她幾乎年輕十五歲的溫蒂班克先生。他是一位賣酒的旅行推銷員，和我母親結婚後就把父親留下的大企業賣掉了，共得到了四千七百英鎊。可是如果是父親來賣的話，肯定會得到更多的錢。」

福爾摩斯認真地聽她陳述，然後問她是否願意將她和新郎的交往過程描述一下。

薩瑟蘭小姐立即羞紅了臉，不安地揉搓著外套上的花邊。她說：「我第一次遇見他是在煤氣裝修工的舞會上。當時父親還在世，他們經常送票邀請他參加。父親去世後，他們就轉而把票送給母親。但是溫蒂班克先生不願意我們參加舞會。他從來就不希望我們去任何地方，甚至連教堂也不讓我們去。他說的那些理由像是舞會上都是父親的朋友，我們不適合認識；或是我沒有合適的衣服參加舞會等等的，都是在敷衍我，但這次我一定要去。後來他實在拿我沒辦法，就說要去法國出差。而母親和我就去參加了舞會，在舞會上我遇到了霍斯默・安吉爾先生。安吉爾第二天還到我家來拜訪，我們還一起散步。」

「後來溫蒂班克先生從法國回來了，他並沒有對我參加舞會表示生氣，相反地還說女性應該參加一些這樣的舞會。他回來後，安吉爾就再也沒來過我家。因為我父親不喜歡這樣的事情，所以安吉爾建議我倆通信，他每天都寫信給我，還說為了安全起見，在父親沒去法國前最好不要見面，不久後我們就私下訂了婚。後來父親又去法國出差，安吉爾就建議我們結婚吧，他還要我把手放在聖經上起誓，『不管發生什麼事情，我都要永遠忠實於他』。母親很喜歡他，還說婚禮的事情不用擔心父親，她會和他談妥的。但是福爾摩斯先生，我並不喜歡這樣做。於是我給父親寫了封信，並郵寄到他法國的辦事處。但是信卻在我結婚的那個早晨被退回來了，而且那天早晨到教堂之後安吉爾先生也突然失蹤了。」說到這，薩瑟蘭小姐突然哽咽起來，拿出手帕埋頭痛哭。

「你能提供一些安吉爾先生的詳細情況嗎？比如他的地址？」

「他……是萊登霍爾街一家辦公室的出納員。但是很糟糕的是，我不知道他的具體地址。」

「你竟然不知道他的地址，那你寫信寄到哪？」

「他不讓我把信寄到他的辦公室，說擔心其他辦事員嘲笑他。於是我將信寄到萊登霍爾街郵局，他本人去取。而且他不允許我像他那樣把信列印出來，他說我親筆寫的信就像見到我一樣，而列印的信就像我們中間隔著機器似的。福爾摩斯先生，這些微小的細節都表明他很喜歡我。」

「細節最能說明問題了。你還記得有關安吉爾的其他事情嗎？」福爾摩斯說。

「福爾摩斯先生，他非常靦腆。說不願意被別人注意到，所以寧可在晚上和我去散步，而不願在白天。他和我一樣視力不好，所以戴上淺色眼鏡來躲避刺眼的光線。他十分講究衣著，舉止大方，態度優雅，說話的聲音也很溫柔。他說幼年時他患過扁桃腺炎和頸腺腫大，所以嗓子不大好，說起話來也就細聲細氣的。」

福爾摩斯沉默了一會兒，又詢問了薩瑟蘭的收入情況。薩瑟蘭小姐除了打字所得外，還繼承著奧克蘭的奈德伯父遺留下來的一筆新西蘭股票，金額大約兩千五百英鎊，利率是四分五厘，每年大約有一百英鎊的收入。

福爾摩斯笑著說：「我想對於一個單身女性來說，六十英鎊就可以過得很好了。除了你的工作，你每年還有一百英鎊的收入，外出旅遊、過舒適的生活應該不成問題吧！」

「福爾摩斯先生，我不在乎自己的收入，即使收入比這個少我也能過得很好。但是你應該能體會，如果我住在家裡的話，我就不願意花家裡的錢，所以他們常常就用我的錢，而且每季溫蒂班克先生都會把我的利息提取出來給母親。但我想這也許只是暫時的吧！」

福爾摩斯若有所思地看了看薩瑟蘭小姐，告訴她案子他準備接手了，請不要擔心，還保證說這個案子一定會有結果的。但是福爾摩斯忽然又嚴肅地說：「我勸告你忘記霍斯默先生吧，就像他從你的生活中消失了一樣。」

薩瑟蘭小姐緊張了起來，大叫道：「不，不，他愛我，他不會離開我的，我要等他回來和他結婚。」停頓了一下，她想起一件事：那天早晨，在去教堂之前，安吉爾先生告訴她，如果發生了什麼預想不到的事情，她也要永遠忠於他，因為他早晚會回來履行誓約的。她告訴福爾摩斯說：「我當時覺得有點不可思議，但也沒在意。可是後面發生的事情，似乎驗證了。安吉爾先生好像預料到會發生什麼事情似的，而且結果證實那件事確實發生了。」

「哦，看來他的話是有深意的。那你能推測他可能發生什麼事情了嗎？」

「不能！我父親說應該不是財產的問題。我們還沒有結婚，我也沒有將財產轉讓給他，更重要的是，我們在一起的時候他從來都對我的財富不屑一顧。可是為什麼他失蹤了這麼久，連一封信都不給我呢？每每想到這些，我都非常痛苦。」薩瑟蘭小姐又失聲痛哭起來。

福爾摩斯等她平靜一些，又詢問了關於霍斯默先生的一些詳細情況，還有他寫給薩瑟蘭小姐的信件。

薩瑟蘭小姐拿出她上星期六刊登在《紀事報》上的尋人啟事及他們交往的信件，並告訴福爾摩斯她的通信地址，希望如果有消息的話，可以及時和她聯繫。

福爾摩斯還詢問了她父親的工作地點，並再次勸告薩瑟蘭小姐忘記這件事，重新好好生活，千萬不要被這件事影響了。但是薩瑟蘭小姐堅持要等安吉爾先生回來，她還要和他結婚。

她把文件放在桌子上就離開了。我不由得為她純潔忠誠的心靈肅然起敬。

◈

薩瑟蘭小姐離開後，福爾摩斯取下他那個使用了很久的菸斗，不一會兒，我就透過燃起的菸絲看到他陷入沉思的臉。

突然他開口說：「這個女子本身就是一個很有趣的研究案件啊！類似她遇到的事情，我之前也遇到過，但都沒有她給我的啟發意義大。」他又說，「華生，你描述一下你眼中的這位女子。」

於是我大致描述了一下薩瑟蘭小姐的外貌特徵，如穿著一件灰黑色外套，上面還鑲嵌了很多黑色的珠子；上衣是褐色的，帽子是藍灰色的，手套是淺灰色的，而且右手手指已經磨破了，另外在她的領子和扣子上還鑲嵌著一些紫色長毛絨等等。說完這些，我還告訴福爾摩斯，我覺得薩瑟蘭小姐整體看起來挺舒服的。

「呵呵，華生，雖然你描述得很好，但是你忽視了很多重要的細節。而這些細節不是你沒看到而是你沒注意到，你根本就不知道該注意什麼，比如袖子、大拇指指甲或者鞋帶。」福爾摩斯接著說，他第一眼看到薩瑟蘭小姐，首先注意的就是她的袖子，他觀察到她的袖子上有毛絨，而且手腕往上一點的地方有清晰的痕跡，通常那是打字員長期壓著桌子留下的一個明顯特徵。然後他又注意到她的臉，她的鼻梁兩邊有夾鼻眼鏡留下的痕跡，根據這兩點，福爾摩斯先生就提出了她近視和打字兩種猜測。

「我又觀察到她穿的靴子不是一對，一隻靴子的靴尖有花紋，另一隻卻沒有；一隻靴子扣了下面的兩個扣子，而另一隻卻只扣了第一、第三和第五個扣子。對於女性來說，穿戴得很整潔，鞋子卻不配對而且扣子還只扣了一半，說明她今早離開家的時候肯定很匆忙，而且離家前還寫了一張字條，字條是在穿戴好後寫的。由於她很緊張，蘸墨水時筆插得太深了，墨水都沾到她的手套和食指上了。」

福爾摩斯的推理總能引起我莫大的興趣。說完這些，福爾摩斯拜託我念一下那則尋人啟事。

我拿起那張字條，念了起來：「十四日晨，霍斯默．安吉爾先生失蹤。此人身高五尺七寸，體格健壯，膚色淡黃，頭髮烏黑，頭頂略禿，頰鬚和唇髭濃密漆黑，戴淺色墨鏡，講話低聲細語。失蹤前穿絲綢鑲邊黑色大服，黑色馬甲，哈里斯花呢灰褲，褐色綁腿，兩邊有鬆緊帶的靴子。背心上掛一條亞伯特式金鏈。此人曾在萊登霍爾街的一個事務所任職。若有人……」

福爾摩斯突然讓我停下來，他說這個尋人啟事和那些信件一樣，沒有任何關係到安吉爾的線索，但是存在一些很有問題的疑點。

我仔細看了看，「難道是這些列印的信件？」

「華生，你觀察看看，不只信件是列印出來的，連簽名都是列印的。你注意到了嗎？『霍斯默．安吉爾』。地址上也只簡單地寫了個『萊登霍爾街』，這很有問題。」

福爾摩斯心中已隱隱有了答案，他正在思忖簽名和案件的關係。不一會兒，他拿起筆，說要寫兩封信求證一些事情，其中一封寫給了薩瑟蘭小姐的繼父溫蒂班克先生，邀請他明日六點與我們會面。在未得到兩封信的回音前，福爾摩斯就一直在玩弄他的菸斗。

◈

第二天晚上六點，我匆匆趕到福爾摩斯家的時候，他正蜷縮在扶手椅裡，像睡著了一樣，而旁邊一排排燒瓶和試管發出刺鼻的鹽酸味，看來他又做了一天化學實驗。

「有結果嗎？」

「嗯，是硫酸氫鋇。」

「不是這個，昨天的那個案子有結果嗎？」

「哦，那個案子沒什麼神祕的，只是有一些細節比較值得玩味。但是很遺憾的是，縱然找到了這個作惡的壞蛋，目前好像還沒有一條律法能懲治他。」

「他到底是誰？為什麼要這麼做？」

福爾摩斯還沒來得及回答，樓道裡就響起沉重的腳步聲，很快我們就聽到敲門聲。「是詹姆斯．溫蒂班克先生。」

話音未落，一個大約三十歲的男人就闖進來，他中等身材，膚色略微發黃，鬍鬚刮得很乾淨，但是那雙灰色的眼睛卻發出逼人銳利的光。他環視了一圈，微微鞠躬，然後摘下帽子將其放在衣帽架上，就轉身坐在附近的椅子上了。

福爾摩斯對他的到來表示歡迎，說：「晚安，詹姆斯．溫蒂班克先生，是您回覆我們六點見面的吧？」

「是的，福爾摩斯先生。薩瑟蘭小姐過來麻煩您我很抱歉，但是我覺得家醜還是不要外揚比較好，她個性衝動，想做什麼我們也阻攔不了。但是我並不介意她來找你們，你們和員警也沒什麼關係，更何況找你們也是徒勞。」

「是嗎？恰恰相反，我已經找到他了。」福爾摩斯特別平靜地說道。

「啊！」溫蒂班克先生顫抖了一下，他的手套也掉在地上，但很快他又恢復了正常，「很高興你能找到他。」

福爾摩斯說，今天邀請他來是想求證一些事。福爾摩斯覺得很奇怪的是，兩台打字機怎麼能打出一模一樣的字，除非打字機是一樣的？

他拿出溫蒂班克先生的信箋，指著上面的字母『e』、『r』說，你看這個

『e』，信件上的都很模糊不清，而『r』在尾部也有點缺損。他還說，除了這兩處外，還有其他十四處也有問題。

溫蒂班克先生立即說，在他們事務所，所有信函都是一台打字機打的。可能打字機使用時間太長了，難免在打字時會出現一些問題。

「是嗎？先生。」福爾摩斯說道，「那我告訴你一個更有趣的發現吧！我手頭有霍斯默·安吉爾先生寫給薩瑟蘭小姐的四封信，更奇妙的是這四封信中所有的字母『e』都模糊不清，字母『r』尾部都有點破損，還有其餘的十四處也存在問題。如果你願意的話可以拿我的放大鏡看一看。」

「福爾摩斯先生，我沒有時間聽你在這裡瞎談。」溫蒂班克先生慌張起來，立即從椅上跳起來，拿起帽子，「如果你抓到那個人，請你告訴我。」

「那我現在就告訴你，我已經抓到他了。」福爾摩斯一個箭步上前，把門鎖上了。

「是嗎？他在哪裡？」我們的客人突然嘴唇發白，像掉進陷阱裡的老鼠，惶恐地看著福爾摩斯。

福爾摩斯請溫蒂班克先生坐下，「我們談談吧。如果我說的有不當之處，你可以反駁。」

「為了貪圖金錢，這個男人和一個比他年齡大的女人結婚了。他的女兒有一筆可觀的收入，如果女兒和他們一起生活的話，他就可以永遠享用這筆收入。但是如果女兒嫁人的話，就意味著他將失去這筆收入。而失掉這筆錢，他的處境將不同，所以他要拼命保住這筆錢。於是女兒的繼父就設法阻止女兒的婚事，但是女兒堅持要去舞會，繼父沒辦法了。他在妻子的默許下，喬裝打扮，以霍斯默·安吉爾先生的名義向女兒求愛，以免她愛上別的男人。由於女兒近視，他的偽裝也沒被拆穿。」

「當時只不過開個玩笑，沒想到她當真了，還那麼癡情。」客人哼哼地說道。

「呵呵，這是開玩笑嗎？根本就不是！但是薩瑟蘭小姐確實被愛情沖昏了頭，霍斯默·安吉爾先生的殷勤再加上母親的讚許，她實在太高興了。他們很快訂了婚並且手按聖經發誓永遠忠於他。結婚那天早晨，新郎霍斯默·安吉爾先生先陪著她到教堂，然後從乘坐的四輪馬車中溜走了。溫蒂班克先生，這就是事情的經過吧！」

在敘述的過程中，我們的客人恢復了一些信心。他站起來，臉色蒼白，但仍輕蔑地笑道：「福爾摩斯先生，可能是真，也可能是假，你真的很聰明啊！但是你應該比這更加聰明才對，我始終沒有做觸犯法律的事情，但是你把我鎖在屋裡，我就可以起訴你『人身攻擊』和『非法拘留』。」

福爾摩斯忍不住漲紅了臉，他打開門，表情卻異常憤怒，「是的，法律懲罰不了你，但是我告訴你，沒有人比你更應該受到懲罰的了。如果薩瑟蘭小姐有兄弟的話，我想他們肯定會用鞭子狠狠抽你的。」福爾摩斯突然想起自己的鞭子，他轉身快步去取，鞭子還沒到手，我們就聽到樓下傳來「噠噠噠」的腳步聲，從窗戶的方向看過去，是我們的客人詹姆斯．溫蒂班克先生拼命往馬路上逃。

「實在是個冷酷自私的壞蛋！」福爾摩斯罵道：「總有一天那傢伙會被送上斷頭臺的。」

「我還是想不通你是怎麼推斷的。」我說。

「哦，在這個案件中，你首先想到的應是霍斯默．安吉爾先生的企圖，但是很明顯能得到好處的只有她的繼父。而一個很有啟發性的事實就是，他們二人從來沒一起出現過。另外還有幾點，如簽名是列印的、約會時低沉的聲音和尋人啟事上的墨鏡、絡腮鬍子等細節，全部將答案指向一個方向。」

「那你如何證實呢？」

「之前我問過薩瑟蘭小姐他父親工作的商行，恰好我認識那個商行的工作人員。看到尋人啟事後，我試圖去掉那些可能的偽裝如絡腮鬍子、眼鏡等，然後詢問是否與商行的人相像。另外還有打字機，我寫信邀請他過來，他回信也是用打字機打的，四封信上種種細微的毛病和他的回信如出一轍。而且這時候商行也來信證明商行的工作人員詹姆斯・溫蒂班克非常符合那些外貌特徵。情況就是這樣了。」

「那我們怎麼告訴薩瑟蘭小姐結果呢？」

「不說了吧！希望她能忘記那個人，然後好好生活。當然，如果我們告訴她，她也不會相信的。你還記得波斯的那句諺語吧：『要想消除女人心中的癡心妄想，比從老虎爪下搶奪幼虎更加危險。』」

case 03

斑點帶子

一個風雨交加的夜晚，幾聲意味著死亡的口哨在陰森的宅邸響起，一陣恐怖的尖叫聲赫然響起，即將成為新娘的姐姐面如白紙，倒在臥室門口，留下最後一句話：「帶斑點的帶子」。

不久，陷入孤立無援的孿生妹妹似乎察覺到了什麼……

在英國，位於斯托克莫蘭的羅伊洛特家族是最古老的撒克遜家族之一，也一度是英國最富有的家族之一，可是到了上個世紀，一連幾代的子孫都揮金如土，過著糜爛奢侈的生活，最終被一個賭徒折騰得傾家蕩產，只剩下一座老房子和為數不多的土地。

敗家的賭徒有個獨子，他意識到必須離開家鄉另謀生路，於是，他就從遠房叔叔那裡借了一些資金，以此完成了在醫學院的學業，並隻身前往印度，在新德里開設了自己的診所，收益頗豐。

後來因為診所被偷，他險些打死從當地聘請的印度管家，因此而被判處多年的徒刑。被釋放後，他重返英國，成為一個潦倒失意、脾氣暴戾的老醫生。這位沒落貴族的最後一代傳人，就是我們故事的主人公之一：格里姆斯比・羅伊洛特醫生。

在見到羅伊洛特醫生之前，我和我的朋友、大偵探夏洛克・福爾摩斯也曾與很多沒落貴族有過交往，但從未遇到過像他一樣暴躁陰險的。事情發生在一八八三年四月初。某天在臨近中午的時候，我們剛剛送走了一早來訪的委託人海倫・斯托納小姐（羅伊洛特醫生的繼女），房門就被粗暴地撞開了。

一個上了年紀的莽漢氣急敗壞地闖了進來，他十分高大，頭戴黑色的禮帽，身著禮服，腳上卻穿著有綁腿的高筒靴，手中的獵鞭好像隨時都會向我們揮舞而來。他的這副穿著顯得不倫不類，看上去既像是一個農民，又像一個有知識的人。他把門堵得實實的，憤怒的眼睛深陷著，一會兒看看我，一會兒又朝我的夥伴瞧瞧。就像一頭發怒的野獸，準備撲過來將我們撕成碎片。這位怪獸一樣的老人突然向我們吼道：

「你們誰是福爾摩斯？」

「正是我。請問先生您是？」福爾摩斯微笑淡定地問道。

「我是格里姆斯比．羅伊洛特醫生。你聽著，我知道我的繼女剛剛來過，我跟蹤她一路找到這裡的，我也知道你是一個多管閒事的傢伙，告訴我她對你說了些什麼？」

我的朋友只是微笑著，友好地向對方伸出手，請他坐下，這樣的舉動顯然惹怒了我們的來客，他又開始暴跳如雷。

「不要和我繞圈子，她究竟對你說了什麼?好，好，既然你這個無賴不想回答，我必須要給你一些忠告，不要插手我的事情，我很危險，不是好惹的人物，你給我記住了！」說著，他快步走到了壁爐旁邊，威脅地把火鉗折斷了，「你小心點，別讓我再看到你！」他把火鉗狠狠地丟到火爐裡，離開了我們的房間。

待羅伊洛特醫生離開之後，我的夥伴笑著對我說：「華生，我們得快點吃午飯了，下午我要去一趟醫生聯合會，也許在那兒我能調查到一些有用的資訊。」

◈

在福爾摩斯外出調查的幾個小時裡，我始終在回想著海倫．斯托納小姐的來訪以及她委託的案件。天剛濛濛亮的時候，大概還不到七點，我的朋友福爾摩斯竟穿戴整齊地站到我的床邊，並叫醒了我。這是很反常的情況，因為他一向喜歡睡懶覺睡到正午，可當時誰都不曾想到，我們將從一個反常的早晨開始，一步步捲入舉世聞名的羅伊洛特家族案件。尚在睡夢中的我被福爾摩斯叫醒。我的朋友顯得興高采烈，說：「抱歉，華生，真是糟糕的一天，我不得不在一大早就叫醒你！」

他顯然並沒有因為吵醒我而感到歉意，他的聲音輕快而響亮，但又透著一點急切。一定是發生了什麼事情。我欠起身子，問道：

「出了什麼事情？看你這麼激動，莫非是失火了嗎？」

「不，不是我情緒激動，而是我的委託人，一位年輕的女士，在晨霧還很濃重的時候就來敲我的門，說非要和我當面談談。她現在在起居室。或許是一件非常特別的案件，我的朋友，想必你不想錯過吧？」

我立刻有了精神，迅速地穿好衣服，和他一塊兒下樓。在起居室，一位女士端坐在沙發上，一襲黑衣，臉也被面紗遮蓋，看不清她的樣子與表情。見我們進來，她迅速站起身，福爾摩斯開始向她介紹我，並請她靠近壁爐坐下。我注意到這位女士在微微發抖，好像很冷的樣子。

她的聲音同樣有些顫抖：「謝謝你，先生。並不是天氣的原因……我是說發抖……我嚇壞了，我感到十分憂慮……」

說著她揭起了面罩，是位年輕的女士，年齡應該不到三十歲，面無血色的臉龐因驚嚇過度而顯得焦慮不安。我注意到她的兩鬢已生出了一絲白髮，使得這位女士在惶恐中平添了許多疲倦。福爾摩斯以很快的速度將他的委託人打量了一遍，探出前身，撫慰地將手輕放在她的小臂上說：

「我們會幫助你的，不要擔心。」他頓了頓，試探著繼續說道，「我知道你一定急壞了，否則不會一大早就動身坐馬車趕往火車站。」

那位女士瞪大了眼睛看著福爾摩斯，很吃驚的樣子。不等她開口，我的朋友接著說道：「我剛才看到，你右手的手套裡有一張返程的火車票，這說明你早早就出發了，而你的衣袖上濺了幾處泥點，想必你是在雨後充滿汙泥的小路上坐馬車趕到車站的，」福爾摩斯自信而坦誠地看著那位女士，「我沒有說錯吧？那好，現在請放鬆一點，將你所遭遇的一切告訴我，請不要遺漏任何細節。」

那位女士克制了自己激動驚訝的情緒，用儘量平穩的語調介紹了自己。她叫海倫．斯托納，現在和繼父住在一起。他的繼父就是羅伊洛特醫生。在印度行醫的時候，醫生結識了海倫．斯托納的母親、年輕的寡婦斯托納太太，他們結婚時海倫和她的孿生姐姐茱莉亞只有兩歲。後來一家人回到了英國。

八年前，斯托納太太死於一場意外事故。說到這的時候，海倫小姐的神情突然凝重了起來，她接著說：「當初，我母親和羅伊洛特醫生結婚之初就立下了遺囑，要把財產全部贈給他，條件是我和姐姐結婚後每年都要從遺產中支出一些生活費。母親去世後，繼父帶我們回到了他祖輩留下的老宅中。他不打算繼續在倫敦開業行醫了。當然，母親的遺產足夠我們生活了。」

「可是，重返家鄉的繼父變了，他一反常態地將自己封閉起來，脾氣暴躁，幾乎不與任何人來往。遇到村人的時候，常常要故意滋事地與對方大吵大鬧，有好幾次都鬧出官司，我們往往不得不花錢把事情擺平。繼父沒有朋友，除了四處漂泊的吉普賽人，繼父允許他們在庭園裡搭帳篷居住，有時也和他們一起出去流浪，一連幾個星期都不回來。更讓人難以忍受的是，他喜歡印度的動物，現在他養了一隻狒狒和一隻印度獵豹。」

「因為繼父乖戾的脾氣，幾乎沒有什麼人樂意和我們保持往來。你可以想到我和姐姐茱莉亞的生活是多麼枯燥乏味。一直以來，所有的家務都由我們來處理。姐姐去世的時候還不到三十歲……」

「請稍等一下，你的姐姐已經不在人世了？」

「姐姐去世已經兩年了，我正打算和你說說我姐姐的事情。我們有一個叫霍洛拉・韋斯法爾小姐的姨媽，住在哈羅附近，她是我母親的妹妹，一直不曾出嫁。每年我們都會在夏天到姨媽的家裡住上一段時間。兩年前夏天的舞會上，我的姐姐和一位海軍上士一見鍾情，締結婚約。繼父得知後未曾表示反對。可是，離婚禮不到一週時，可怕的事情發生了，死神奪去了姐姐的生命……」我們的來客開始低聲啜泣起來，即便已過去兩年，姐姐去世的陰影仍無法揮去。

在海倫小姐講述的過程中，福爾摩斯始終微閉著雙眼，思考對方所說的每一句話。這時他突然欠起身子，看向海倫小姐：「和我說說你姐姐去世時的情景吧，請儘量回憶起每一個細節。」

「這並不困難，那天夜裡所有可怕的細節都已烙在我的記憶深處，兩年來令我寢食不安。在我們居住的老宅子裡的一樓有三間臥室，彼此並不相通，但房門都開向同一條走廊，房間的窗戶都朝向草坪。一上二樓，第一間是繼父的，第二間是茱莉亞的，第三間則是我的。」

「不幸發生的那天，繼父很早就回到自己的房間，但並沒有馬上睡著。他一直在抽印度雪茄，菸味讓姐姐苦不堪言，不得不先來到我的房間。我們談論著即將到來的婚禮，一直聊到十一點鐘。在她打算離開的時候，她突然在門口停下，回頭問我：『親愛的，你在半夜就寢後有沒有聽過口哨的聲音？』我表示沒有，她繼續說道：『最近幾天，我總是睡不安穩，凌晨兩三點的時候，總是能聽見有人在吹口哨，那聲音很輕，但很清楚，好像就在我耳邊，但我不知道它來自哪裡……』我說：『或許是那些吉普賽人吧？』她點點頭，但並沒有釋然：『有可能是這樣，但如果聲音來自草坪那邊，你也應該能夠聽到的。』我解釋道：『可能是因為我睡得比較沉吧。』姐姐不再說什麼，笑了笑，向我道了聲『晚安』，便回房間去了。」

「姐姐離開之後，我想著她的話，卻再也睡不著了，輾轉反側，不知道為什麼，我有一股不祥的預感。那天晚上有暴風雨，怒吼的狂風夾雜著雨滴，窗子不時被打得啪啪響，整個老房子彷彿都被搖撼了。我感到很害怕，想去隔壁看看姐姐，就在這時，傳來了一聲驚叫，是茱莉亞！我立刻跳下床，正準備用鑰匙打開房門衝向走廊的時候，我聽到了口哨聲，很輕，但很清晰，就像姐姐說的那樣，只有一聲，接著我聽到了重物落地時的框啷聲，好像是兩塊金屬撞在了一起……」

福爾摩斯這時突然打斷了海倫小姐的講述：「用鑰匙打開房門？這麼說，你習慣在睡覺時把自己反鎖在房內？你姐姐是否也有同樣的習慣？」

「是的，因為繼父養了印度獵豹和狒狒，我們擔心不反鎖房門會很不安全。」

福爾摩斯點了點頭，若有所思，示意對方接著說下去。

「好的。我衝到走廊的時候，姐姐的房門已經開了，姐姐臉色蒼白地、勉強支撐著站在門口。我嚇壞了，馬上過去扶住她，她全身都因為恐懼而瑟瑟發抖。突然她驚叫了一聲，再也站不住，跌坐在地上，雙手開始不停抽搐，我感覺她正忍受著巨大的痛苦，正當我準備俯身抱住她的時候，她猛地抓住了我的胳膊，驚恐地叫喊起來：『啊，帶斑點的帶子！海倫，是那條帶子！』她死死盯著我，想繼續說些什麼，但已無法再吐出一個字，她開始大口大口地喘氣。這時繼父聽見聲音也趕了過來，雖然施行了搶救，卻已無濟於事。姐姐咽氣時，眼睛大睜著，嘴也不曾合上，好像還有很多事情要對我說。」

「你說聽到了口哨與金屬相撞的聲音，十分肯定嗎？」福爾摩斯說。在得到肯定的答案後，他接著問道：「你姐姐當時穿著睡衣還是白天的衣服？」

「睡衣。驗屍官在她的左手裡發現了一根點燃過的火柴，右手裡握著一個火柴盒。」

「這個細節很有意思，顯然在事情發生時，你姐姐想劃火柴照亮周圍，看看有什麼人或什麼東西在房裡。驗屍官還發現了什麼嗎？會不會有人下毒？」

「驗屍官沒有從姐姐身上檢查出中毒的跡象，即便進行了十分認真的調查，但仍無法查出姐姐喪命的確切原因。」

「那麼，你確定房門和窗子都是緊閉的？」

「姐姐把房門從裡面反鎖了，因為那天晚上，我聽見她轉動鑰匙。窗子外面是百葉窗，每天晚上都關得很密實，不可能有人從那裡鑽進來。姐姐發生不幸的時候一定是獨自一人，這一點我可以確定，而且她身上也沒有受襲擊的痕跡。或許是有什麼東西嚇壞了她，極度的恐懼奪去了姐姐的性命，除此之外我想不出其他的原因。」

「當天夜裡有吉普賽人在庭園裡嗎？」

「有，幾乎夜夜都有。」

「嗯，海倫小姐，那你覺得帶斑點的帶子指的是什麼呢？」

「也許是說園子裡的吉普賽人吧，他們中有很多人頭上都戴著帶斑點的頭巾。但我怎麼都想不通姐姐說這話的意思。」

海倫小姐的看法顯然不能讓福爾摩斯認同，他搖了搖頭說：「這句話裡一定大有玄機，請你繼續講下去吧。」

海倫小姐又開始講述姐姐去世之後自己的生活。兩年過去了，她感到比以往更加寂寞。直到最近，大概是一個月之前，一位朋友向她表達了愛意。羅伊洛特醫生沒有表示任何反對的意見。可是在兩天前，繼父開始修繕房屋，海倫小姐的臥室牆上被鑽了一些窟窿，她不得不暫時搬到姐姐的臥室。昨天晚上，可怕的事情發生了！海倫小姐顯然還沒有完全從驚嚇中恢復鎮定，她的聲音微顫著說：「就在昨晚，我躺在姐姐生前睡的床上，回想著她的慘死，突然，耳邊傳來了一聲口哨聲，我一下子被嚇得魂不守舍。跳下床打開燈，卻什麼也沒有發現。我再也不敢睡覺了，點著燈坐到了天亮……請你一定要幫助我！」

「海倫小姐，你確定自己將一切都告訴我了嗎？你隱瞞了一些事實，關於你的繼父，」說著，福爾摩斯輕輕托起對方的小臂，我看到她的手腕上有一些淤青，是手用力造成的傷痕，我的朋友接著說，「你的繼父虐待過你。」

年輕的女士頓時低下頭，藏起受傷的手腕，不再說什麼了。福爾摩斯也不再追問，他走到窗前，用一隻手托著下巴，望著貝克街上逐漸熱鬧起來的景象。起居室裡沉默了久久一陣子。最後，福爾摩斯說道：

「這個案件有很多疑點，在採取具體措施和下結論之前，我們必須親自去一趟你們居住的老房子。時間已經不多了，如果今天就出發，在羅伊洛特醫生不知情的情況下，我們是否能夠查看一下你姐姐的臥室？」

「繼父說今天要來城裡處理一些事，有可能一整天都沒有辦法回家，你們來查看應該是不會有問題的，我可以想辦法支走家裡的女管家。」

我決定和福爾摩斯一同前往。海倫小姐則要在中午之前乘坐返程火車趕回家裡，好及時接應我們。她重新罩上了面紗，向我們表示感謝之後，便匆匆離開了。

送走我們的客人，福爾摩斯點起了菸斗，倚著靠椅問我對整個事件的看法。我仔細回想海倫小姐所講述的每一個細節，斷定這其中一定大有文章。我說：「這位女士的姐姐在死去時無疑是獨自一人，因為沒有什麼能鑽進門窗。但我想不通那半夜的哨聲究竟是怎麼回事，她姐姐臨死前說的話也非常奇怪。」

聽我說完，我的朋友並沒有說什麼，只是緩緩地吐出一口菸，良久，才自顧自地說：「性情暴戾的老醫生，與老醫生關係密切的吉普賽人，半夜響起的哨聲，『帶斑點的帶子』，哦……這一切都透著古怪……我想到了，海倫．斯托納小姐聽到的金屬碰撞聲極有可能是卡緊百葉窗的金屬槓桿重定時的聲音！把所有的細節都聯繫起來，我有充分的理由相信這些線索能幫助我們破案！但那些吉普賽人究竟幹了些什麼呢？」

「我想不出，但我認為你的推理有很多無法成立的地方。」我說。

「是啊，一切都還只是猜測，所以我們才必須要親自到現場去看一看。真是太奇怪了，有太多讓人猜不透的疑點。」

◇

正當我們沉浸於案件中，故事開始時的那一幕就發生了。

快到一點的時候，福爾摩斯回來了，他手中拿著一張廢報紙，在報紙的空白處寫著一些凌亂的數字與文字。他囑咐我帶上簡單的行李與一把左輪手槍，而他要去僱馬車，我們需要趕往滑鐵盧車站，並坐火車去海倫．斯托納小姐居住的地方。

一路上，我的夥伴詳細說明他調查時的收穫。他看到了海倫母親的遺囑，已故的妻子給丈夫留下了一份不到七百五十英鎊的遺產。如果兩個女兒都結婚了，醫生就需每年向她們分別支付二百五十英鎊，這將使醫生的生活陷入窘迫。很顯然，他有動機除掉要結婚的女兒們。現在，老頭已經知道我們插手案件，他想必會在今晚就動手。刻不容緩，我們必須去阻止他。

羅伊洛特家族的舊宅邸位於一處風景秀美的鄉村，和煦的陽光照在初春的田野，空氣中泥土的味道分外清新。這樣的景色與此地正在上演著的陰謀重疊在一起，充滿了諷刺的意味。當馬車行駛到一片林木繁茂的田園，我們看到了樹林掩映中位於高地的古老宅院。在一條通往宅院的小路上，我們遇到了斯托納小姐。我們的委託人喜出望外地迎上前來，一番寒暄之後，福爾摩斯將上午她走後的情況簡單地講述了一遍。

「上帝啊，」她臉色蒼白，失聲叫道，「原來，他始終在跟蹤我。他太陰險了，我真擔心他回來後會做什麼……」

「親愛的小姐，請你從現在開始必須要聽從我的安排。今晚你一定要鎖好房門，不能讓他進入你的臥室。我們得趁他回來之前，檢查一下他和你姐姐的臥室。」福爾摩斯嚴肅地說道。

老宅子用青色的石頭砌成，陳舊的外牆上爬滿了綠苔。房頂有大面積的塌陷，右側房間的窗子也全部殘破了，胡亂地堵著一些破木板。整個房子因年久失修而顯得殘破頹敗。只有左邊的房子比較新，窗簾垂落，縷縷青煙從煙囪冒出。

沿著雜草叢生的草坪，福爾摩斯來來回回地走了好幾遍，認真地勘查窗子的外部情況。

「中間這一間是你姐姐的臥室，主樓旁邊的這間是你繼父的寢室，而剩下的就是你過去的房間，是不是這樣？」

「你說得沒錯，我現在在中間的這間睡覺。」

「嗯，由於一面牆壁在修繕，所以你不得不搬到姐姐的臥室，你覺得你房間的側牆需要急著修理嗎？」

「一點修理的必要都沒有，這只是一個藉口，他想把我趕到姐姐的房間去睡。」

「如果是這樣，整件事情就很有問題。面向走廊的牆壁有窗子嗎？」

「有一些窄窗子，人根本無法爬進去。」

「也就是說，在鎖上房門的情況下，如果想要從走廊進到你們的房間是沒有可能的了。好，請你現在把百葉窗放下來，鎖好。」

斯托納小姐按指示做好了一切。福爾摩斯竭盡全力想打開百葉窗，可是一點辦法也沒有。他疑惑地打量著窗子說：「假設百葉窗被鎖好了，人是無法爬進房間的。那麼，我的判斷一定有什麼重大的漏洞。這樣吧，我們進房間去看看有沒

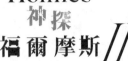

什麼線索。」

從一道窄門我們進入至走廊之中，首先來到醫生的臥室。格里姆斯比．羅伊洛特醫生的房間比繼女們的房間都要寬敞，但房間裡的設施十分簡樸。一個鐵制書架，一張簡易的折疊床，床邊是一只保險櫃、一把木椅和一張圓桌。福爾摩斯對房間的每一個角落都進行了細緻的檢查。他指著保險櫃問：「裡面裝的是什麼呢？」

「應該是一些文件。」

「你見過？」

「剛搬來時見過，裡面堆滿了厚厚的一堆文件紙。」

「會不會有一隻小動物藏在裡面？」

「哦，怎麼可能？」

「但是你看這個，保險櫃上為什麼會有一個小碟子呢，顯然是盛牛奶用的。」

「我們只養了一隻印度獵豹和一隻狒狒，沒有養其他的動物了。」

「好，我們現在去你姐姐的房間看看。」

這是一間小房間，裝飾樸素，全部的擺設只有櫥櫃、罩著白床單的床、梳粧檯還有兩把木椅。有低低的天花板和一個開口式的壁爐。福爾摩斯同樣仔細地勘察了房間的每一個角落。他發現床邊有一根很粗的拉鈴繩，便問斯托納小姐繩子通到哪裡。斯托納小姐解釋說繩子通到管家的房間，是姐姐決定結婚的那段日子裡才裝上的，但姐姐似乎不曾使用過它。

福爾摩斯使勁地拉了一下繩子，並沒有鈴響的聲音。我們都感到十分奇怪，莫非這拉鈴繩只是做做樣子而已？

福爾摩斯沒有說話，拿出放大鏡檢查了房間裡的嵌板和木板間的裂縫，視線最後落到了通風口上，從位置上可以判斷，通風口通向了隔壁醫生的房間。這樣的設置與拉不響的鈴繩同樣令人生疑，因為花費同樣的精力本可以將它通向室外。斯托納小姐解釋道，通風口和拉鈴繩是在同一時間安裝的。

「不通風的通氣孔，作作樣子的拉鈴繩……真是太奇怪了。如果不介意的話，讓我們再到你繼父的房間去看看。」

◇

重返醫生的房間，福爾摩斯重新檢查了一遍保險櫃的旁邊，一條掛在床頭的小鞭子引起他的注意。那條鞭子打了結，而且捲著，像蛇一樣盤成了一個圈。

「問題已經很清楚了，」說著福爾摩斯轉向斯托納小姐，臉色嚴肅，「你現在的處境很危險，性命正受到威脅，你必須要按照我的安排行事。今晚，我和我的夥伴要住在你的房間。」

我和斯托納小姐都疑惑不解地望著福爾摩斯。

「是的，你們沒有聽錯。請問房子對面是否就是旅館？」

「是克朗旅店。」

「很好，從那裡可以望見你的窗子嗎？」

「可以。」

「醫生回家的時候，你要裝病把自己鎖在屋子裡，等到他就寢後，你把百葉窗和窗戶打開，把油燈擺在窗臺作信號，然後你要做的就是悄悄走到隔壁自己的房間。其餘的事情就交給我們，你安心睡覺，我們打定主意要好好調查一下那口哨聲究竟是怎麼一回事。」

聽完了福爾摩斯的吩咐，斯托納小姐抓住了我朋友的衣袖：「那麼，請告訴我好嗎？我姐姐究竟是怎麼喪命的？」

「等有更確切的證據再說吧，但我相信她絕非死於驚嚇。再見了，請一定要按照我的指示辦，相信我們，我們有能力讓真相大白。」

在克朗旅店，我和福爾摩斯謊稱是從城裡來的建築師，我們在二樓訂了一間起居室和一間臥室。從臥室窗戶望出去，我們可以看到通往老房子的小路以及房子前的庭院，當然了，斯托納小姐房間的窗戶也是一覽無餘的。

傍晚時分，我們看到格里姆斯比·羅伊洛特醫生驅車回家，他大聲地訓斥著開門稍慢了的男僕，雖然他所在的位置離我們這兒有一段距離，但他的咆哮聲依然清晰可辨。夜幕降臨了，我們一邊交談，一邊等待著斯托納小姐的信號。

「華生，對今晚即將發生的一切，我不是完全沒有疑慮，確實有危險的因素，但我需要你的協助。非常感謝你能陪我一起來。」

「哦，我的朋友，我很高興我能幫上忙，能說說你對案件的看法嗎？還有，你在房間裡究竟看出了些什麼？」

「我覺得通風口暗藏玄機。我來之前就知道臥室之間會有一個通風口。還記得當初我們聽斯托納小姐說，她姐姐喪命當晚曾因繼父的雪茄氣味而躲到妹妹的房間，這就說明一定會有一個通道。掛了一條粗繩子，垂到床頭，又在同時開鑿出了一個通氣孔，這些聯繫一定與她姐姐的死脫不了關係。那張床也十分特別，它被鐵釘固定在地板上，所以那位小姐就無法挪動床的位置了。還有鈴繩，顯然不是用來叫管家的。」

我從福爾摩斯的話中似乎感覺到了一些什麼，有某種可怕而陰險的罪行正在發生，而醫生就是罪魁禍首，他有知識和膽識，卻可能是墮落的殺人犯。

就在這時，托納斯小姐的窗前傳來了燈光，正是我們約定好的信號。我們立刻離開了旅館，在微涼的夜風中向著那昏暗的信號燈走去。我們翻過殘破的圍牆，輕易地來到了庭院。

為了不發出太大聲響，我們脫下鞋，鑽進了斯托納小姐她姐的臥室。我感覺自己的心臟在加速跳動，緊張地等待著即將發生的一切。我的夥伴悄無聲息地關上了窗子，在桌子上把燈放好，打量著屋子的四周。

和白天相比，室內的一切沒有發生變化。他小聲地囑咐我不要發出一點聲響。我聽見他說：「我要熄燈了，否則他會從通氣孔看到燈光的。」我點頭表示明白，他繼續說：「不要睡著了，把手槍準備好，可能會用到它，你坐在那把椅子上，我在床邊。記住，不能睡著，否則你會喪命的。」

聽他這麼說，我馬上把槍放在手中，一副枕戈待旦的樣子。說實話，我有些緊張了。我看到我的夥伴掏出了一根藤蔓，又長又細的。接著他又掏出一小截蠟燭和一盒火柴，全部放在了床邊。最後他熄滅了油燈。

在黑暗中，連喘息聲都聽不見。我睜大著眼睛，不敢有絲毫疏忽，想必我的夥伴也處於同樣的緊張狀態。百葉窗把月光遮掩得密密實實，房間裡的黑暗濃重到伸手不見五指的地步。

遠處教堂的鐘聲不時傳來，十二點、一點、兩點，沉重的聲音每隔一個小時就會響一次。在漫長的黑夜中，偶爾會傳來貓一樣的鳴叫，這應該就是那頭印度獵豹了吧。我們沉默著，等待可能出現的情況。

瞬間，一道亮光突然從通氣孔的方向一閃而過，接著我就聞到金屬被加熱的濃重味道和煤油燃燒時的氣味，還聽到有東西輕輕挪動了一下。氣味越來越濃重，而四周卻又重新恢復了寧靜。足足過了十五分鐘，另一種聲音響起來，嘶嘶的，好像是水壺在噴氣。

與此同時，福爾摩斯突然從床上跳起來，點燃了一根火柴後，他開始用藤蔓狠狠地抽打拉鈴繩。就在福爾摩斯又一次劃亮火柴的時候，我試圖看清他正在鞭打著什麼，可是火光耀眼，我什麼也沒有看見，只用餘光瞄了一眼我的朋友，他的臉色如死屍一樣慘白，充滿了憎惡和憤怒。

◈

終於，他不再鞭打，只是注視著通氣孔，接著一聲淒厲的慘叫從醫生的房間傳來。哦，那叫聲令我們毛骨悚然，這是交織著憤怒、恐懼還有痛苦的叫聲。據說全村都聽到了這讓人恐懼的尖叫。我和福爾摩斯嚇呆了，面面相覷，直到四周再一次重返寂靜……

我依然覺得緊張，問道：「究竟發生了什麼？」

「帶上手槍，我們到隔壁去看看，或許事情有了可能是最好的結局。」

他的表情十分嚴肅，點好燈，帶我走過走廊，來到醫生房間的門口。他連續敲了幾下房門，沒有任何回應，接著他轉動了門把手，我跟著他，手裡緊緊握著那把左輪手槍。我聽見福爾摩斯低聲說：「帶斑點的帶子。」

眼前出現了一幅詭異的場景。桌子旁邊的木椅上，格里姆斯比．羅伊洛特醫生一動不動，身穿一件破舊的白色睡衣，腳踝赤裸地露在睡衣外面，兩腳僵直而痛苦地套在拖鞋裡。在他的膝蓋上，我們看到了白天那條盤捲著的短柄長鞭。他的眼睛失去了白天我們領教過的陰險毒辣的光澤，充滿恐慌卻又無比空洞的雙眼直挺挺地望著天花板。最奇怪的是他的額頭，一條帶有褐色斑點的黃帶子緊緊地纏繞其上。他一動不動，應該已經斷氣了。

透過燈光，我們還可以看到保險櫃的門半開著，裡面並沒有文件一類的東西。突然，他頭上那帶斑點的帶子開始蠕動，這時我聽到福爾摩斯喊道：「這是一條沼地蝰蛇，印度毒性最強的毒蛇！」我走近了一步，羅伊洛特醫生的頭髮中間猛然鑽出了一條令人害怕的毒蛇，牠的脖子鼓脹著，頭部是鑽石型的、又細又長。福爾摩斯把我推到一邊，從醫生的膝蓋上抄過一根鞭子，甩向毒蛇的脖子，拼命地把它從死者的額頭上拉了起來，並迅速地把它隨手扔進了保險櫃。

這就是格里姆斯比·羅伊洛特醫生之死的真實情況。時至今日，距離案件的發生已過去了八年的時光，這些年來我一直在整理福爾摩斯所經辦過的案件。我堅持認為，在我所記錄的七十多個案例中，再沒有羅伊洛特家族的這一宗更讓人覺得匪夷所思的了。雖然我已經講述了很長時間，但懇請各位讀者聽我把這個真實的故事講完。

◈

處理好毒蛇後，我們把他繼父死於非命的消息告訴了驚魂未定的斯托納小姐，並向她說明一切真相。可憐的小姐真是嚇壞了，一下子昏厥過去。待她醒來的時候，員警已經到場。順便補充一句，國家的這些警務人員們在經過漫長的調查之後，得出的結論竟是醫生在豢養危險寵物的過程中意外喪命的。一樁謀殺案就這樣以「意外」結了案。

第二天，在回來的路上，福爾摩斯把一些我沒有弄懂的細節一一作了解釋。

「我親愛的朋友，」他說，「起初我經過推理所得出的結論是錯誤的，我被吉普賽人一類的資訊誤導了，根據錯誤的線索我得出了錯誤的結論。經由對現場的勘察，我發現，危及小姐們生命的東西不可能從窗戶進到房間裡，也不可能來自房間。我不得不馬上調整自己的思路。當我的注意力轉移到通氣孔和拉不響的鈴繩，聯繫到無法挪動位置、被固定了的床，我開始懷疑，那根繩子不過是個橋梁而已，一定有什麼東西從通氣孔爬了過來，順著繩子自然而然地就爬到了床頭。我們都知道，醫生從印度運回了一些動物。動物、印度再加上檢驗不出來的毒物，這些因素結合在一起，我馬上就想起了毒蛇。」

「的確，要想從屍體上檢查出毒蛇咬過的小孔並不是容易的事情，我想驗屍官一定是忽略了。還有口哨聲音，想必是醫生召喚毒蛇的信號吧，他極有可能是用牛奶作為誘餌訓練毒蛇的。每天晚上，他把毒蛇放出來，順著繩子牠會爬到床上，日復一日，總有一天毒蛇會咬人的，床上的人不可能會整整幾天都僥倖逃脫，遲早會死於毒牙。」

「醫生的辦法真是高妙而陰險。見到了保險櫃，還有牛奶和打了活結的鞭子，我確信我的判斷是準確的，不再有任何的懷疑了。斯托納小姐聽到的金屬啷聲應該就是她繼父為了掩蓋豢養毒蛇的事實、急急忙忙關上保險櫃時弄出的聲音。根據我的推理，我採取了相應的措施，就像你看到的那樣，當我一聽到蛇的響動，我立刻點起了火柴瞄準了方向，上去就是一頓鞭打。」

「於是你把毒蛇打回了通風口？」

「因抽打而發怒的毒蛇急不可耐地反撲向了牠的主人，兇狠地咬上一大口。你看，對於格里姆斯比・羅伊洛特醫生的死，我有推卸不掉的責任。但是，我的朋友，我不會為此而感到愧疚。」

Sherlock Holmes

神探 福爾摩斯 II

case 04

馬斯格雷夫成年禮

馬斯格雷夫家族有個古老的成年禮，儀式上必須進行一項奇怪的問答。

無論那問答的內容是什麼，能讓工作二十年的忠誠老管家突然失蹤，那其中必定暗藏玄機。

有天在倉庫收拾舊物時，我發現一個久未開啟的紙箱。這是福爾摩斯離開英國前寄放在我這裡的，箱子裡有他早年經手的案件記錄。我拍去箱子上的浮塵，將它搬到辦公室，饒有興致地開始翻看我朋友的案件記錄。這使我瞭解到在結識福爾摩斯之前，他都經手過哪些案子，而早年的這些案子發生於福爾摩斯成名之前，是他走向成功的必經之路。

箱子的體積不小，裡面的文件也很多。福爾摩斯當年的記錄數量不少，很有條理，充滿了清晰的細節與邏輯，從中絲毫看不出記錄者本人平日放蕩不羈的生活習慣。在箱子的一角有個不大的木盒，盒蓋可以活動，從中我取出了一把老式銅鑰匙，三個生著鐵銹的金屬圓板，以及一支上面纏繞著線球的木釘。最後，還有一張紙，已被揉成了一團。我展開它，一些字跡出現在眼前，雖然墨色模糊不清了，但仍可以辨認出內容是由一問一答的文字所構成的，如下：

「它是誰的？」

「是那個走了的人的。」

「誰應該得到它？」

「那個即將來到的人。」

「太陽在哪裡？」

「在橡樹上面。」

「陰影在哪裡？」

「在榆樹下面。」

「怎樣測到它？」

「向北十步又十步，向東五步又五步，向南兩步又兩步，向西一步又一步，就在下面。」

「我們該拿什麼去換取它？」

「我們所有的一切。」

「為什麼我們該拿出去呢？」

「因為要守信。」

在這些奇怪的問答下面，有一小行字相對而言比較清晰：「馬斯格雷夫成年禮。」這行字的周邊還有一些文字：「雷金納德·馬斯格雷夫，蘇塞克斯，赫爾斯通莊園。」很顯然，雷金納德·馬斯格雷夫是一個人名，蘇塞克斯則是倫敦以西的一處郡縣，而赫爾斯通應該就是馬斯格雷夫的莊園。如果我的判斷沒有錯，紙片上奇怪的問答可能是家族儀式上的禮儀式對話，更確切地說，是所謂「馬斯格雷夫成年禮」的一部分。

對於「馬斯格雷夫」這個姓氏，稍有點歷史知識的英國人就會知道，馬斯格雷夫家族是大英帝國歷史上最為古老的家族之一，曾經與歷代的王權有著複雜的糾葛，雖然現在已遠離了權力的中心，卻仍以豐厚的財富著稱，在上層社會擁有顯赫的名聲。我的記憶被這個姓氏帶到了多年前的幾個夜晚，那時我還沒有結婚，和福爾摩斯合住在貝克街，閒聊中我的朋友向我提及一些他成名前經手的案件。

我恍然記得，其中一件就是與馬斯格雷夫家族有關的，但詳盡的細節他卻沒有向我說明。我僅能肯定的是，馬斯格雷夫家族最近的繼承人是福爾摩斯的大學同學。對了，我還記得他曾經說過，有機會將帶我去一趟蘇塞克斯的赫爾斯通莊園，還說只要見到他或提到他的名字，他的同學就會向我們展示一頂價值連城的王冠。可是在他出國之前，這一承諾始終未曾兌現。我又在紙箱中翻找了一下，並未發現有關案件的記錄。

◈

過了大約三個多月，我因為一些必須儘快處理的緊急事務去了一趟蘇塞克斯。臨行前，我帶上了在福爾摩斯紙箱裡發現的那張有關「馬斯格雷夫成年禮」

的紙片，決定在忙完事務之後，去一趟赫爾斯通莊園，希望能夠得知案件的始末，以瞭解我朋友在早年的破案經歷。

在赫爾斯通莊園，沒有耗費太多的周折，我就見到莊園現在的主人雷金納德．馬斯格雷夫。在得知我是福爾摩斯的朋友及我的用意之後，他熱情地邀請我當晚留宿在他家，以便有充裕的時間向我詳述案件。我向他展示了寫有奇怪問答的紙片，他端詳著，陷入了久久的沉思，過了一會兒才說：

「華生先生，這些文字也曾令我感到十分費解。長久以來，我只知道它們是家族典禮的一部分，每位男性成員在成年之際都要在典禮上與父執輩依此進行問答。原件上沒有任何的時間資訊，但從文字拼寫的方式來看，它們屬於十七世紀中葉。在福爾摩斯到來之前，我始終認為這些荒唐的對話不過是陳舊禮儀上故弄玄虛的表面文章，並沒有什麼實際意義。我不曾想到，家族曾經的管家布倫頓會對他充滿興趣，並最終因此而喪命。我更不曾想到，福爾摩斯會將這些對話視為路線圖一樣的東西，按圖索驥地找到了一處藏有瑰寶的古老地窖。」

我興致更濃了，因為之前我沒有想到案件中會有人喪命，於是問道：

「瑰寶之一，就是那頂王冠吧？」

「是的，您說得沒錯，請稍等，我去去就回。」

沒過多久，馬斯格雷夫先生捧著一個裝飾典雅的檀木盒子重返客廳。盒子被打開後，一頂王冠出現在眼前，它呈雙環形，帶著一些磨損銹蝕的痕跡，顯然年代久遠，卻仍然以其純金的光澤表達著擁有的華貴。

他介紹道：「這頂王冠屬於斯圖亞特帝王。您可能有所耳聞，我的祖先拉爾夫·馬斯格雷夫爵士是查理一世時態度堅決的保皇派人士，曾協助查理二世順利逃亡。當年，查理一世去世的時候，保皇派雖然與新派進行了殊死的武裝鬥爭，但因內部分裂導致最終潰敗，在失敗者逃亡之前，他們在各自家族的宅院中埋藏了大量的珍寶，希望在腥風血雨平息之後再回國使珍寶重見天日。」

「也就是說，家族典禮上的這些對話，事實上是指示寶藏位置的地圖。」

「正是如此，可能是祖上的一時疏忽，也可能是沒來得及說明對話的真實含義，所以在這份神祕地圖的流傳過程中，它的原意在一代代的典禮上漸漸模糊。直到多年前，我的管家恢復了它的原始功用，而聰明的福爾摩斯先生同樣參透了其中的祕密。現在，我就和你講講整個案件的經過，雖然已是多年前的事情，但個中細節至今仍然歷歷在目。」

「事發那一年，我的父親剛剛去世不久，作為獨子，我開始全面接管整個家族的產業。當時我還沒有結婚，但有很多的家僕。其中，管家布倫頓工作的時間最長，最得我的信任，協助我管理財務。他曾經一度和年輕的女傭瑞吉兒・豪厄爾斯訂下婚約，最後卻又移情別戀。瑞吉兒因此得了一場重病，雖然後來恢復了，但疾病傷及了這位姑娘的大腦，導致她變得有些瘋瘋癲癲。雖然對管家的負心感到憤怒，對女傭抱有同情之心，但作為主人，我也不便插手二人的感情。」

「一天夜裡，我與管家發生了爭吵；關於這場爭吵的事由，我會適時詳述的；他的所作所為令我無法忍受，我決定辭退他，在他的一再請求下，我允許他以體面的方式，也就是以主動辭職的方式離開。我給他兩個星期的時間讓他為自己尋找日後的去路。可是，在爭吵發生後的第四天，布倫頓突然失蹤，沒有帶任何物品，似乎從人間蒸發了一樣。就在布倫頓失蹤後的第三天，瑞吉兒・豪厄爾斯也不見了蹤影。」

「我報了警，由於家族顯赫的地位，當地的警局不敢疏忽，他們幾乎調用了全部警力，在方圓幾公里以內進行搜查，但一無所獲。不明的事件令整個莊園寢食難安。我知道，只有調查清楚管家和女傭的去向，人們的議論才會平息。後來，我想到了福爾摩斯。」

「正如你所知道的那樣，福爾摩斯是我的大學同窗，雖然沒有密切的交往，但關係並不差。他為人聰明而正直，對各種知識都充滿了濃厚的興趣，業餘時間喜歡鑽研偵探技藝，畢業前就幫助同學與校方解決了一些案子。後來，我得知他畢業後成為私家偵探，雖然他當時尚未成名，但因需要，我立刻找他來幫忙。」

「找到他的時候，他已經幾個月沒有接案子了，因而十分樂意接受我的委託，當天就決定來我的莊園實地調查。在火車上，他問了我一些問題，他的細心與分析能力讓我折服，案件中的一些細節經過他的思考也都有了新的意味。」

馬斯格雷夫先生頓了頓，喝了幾口茶，繼續他的講述。在火車上，我的朋友詢問了馬斯格雷夫先生與管家布倫頓爭吵的過程，以及管家、女傭失蹤時的具體細節。原來，馬斯格雷夫先生之所以決定辭退布倫頓，是因為有一天夜裡，他發現管家未經允許就在自己的書房裡翻看家族的一些文件。

事發那天，即管家失蹤前一週的星期三，晚飯過後，工作了一天的馬斯格雷夫先生因覺得疲倦而多喝了一杯濃茶，提神的飲品讓他無法像往常那樣迅速入睡。一直到凌晨一點多，莊園的年輕主人依然毫無睡意，他決定繼續讀一本尚未看完的詩集。詩集並未在臥室，而是在離臥室不遠處的書房裡。令馬斯格雷先生驚訝的是，在書房門口，他竟發現房間裡有燈光，他馬上想到是盜賊，於是立刻回臥室取出防身的手槍。讓他更為驚訝的是，書房的潛入者正是管家布倫頓，他的裝束與白天一樣，想必是在他人就寢之後直接來到書房的。

管家並沒有立刻注意到主人的到來，他坐在椅子上，就著不甚明亮的燈光，聚精會神地研究著一張簡易的地圖。在馬斯格雷夫先生走到門口的時候，管家正在打開一個抽屜的鎖，並從裡面取出了一份檔案，開始專心地閱讀。看到此情此景，馬斯格雷夫先生怒不可遏，不禁發出一聲喝止，管家被嚇得臉色蒼白，一時語塞，等到回過神來，他以極快的速度將那張地圖塞到上衣口袋裡。接著，書房裡傳出憤怒的指責聲與心虛的辯解。

馬斯格雷夫先生當晚立即決定解雇令他心寒的管家，但顧及布倫頓以往的忠誠與勤勉，他保證不會將管家偷看檔案的事情宣揚出去，並允許布倫頓以主動辭職的方式在兩個星期內體面地離開。管家離開書房之後，馬斯格雷夫的氣憤也慢慢平息下來，他想看看布倫頓究竟從抽屜裡取出了一份什麼檔案。讓他不解的是，布倫頓專心研究的檔案並非事關重大，而只是家族成人儀式上古老的對答詞抄本而已。馬斯格雷夫先生當時就想，可能只是管家對考古感興趣，喜歡翻看古老的文件而已，但他的行為仍然不可原諒。

之後的三天，馬斯格雷夫先生與管家布倫頓都不再提書房裡的事情。早飯過後，管家仍像以往一樣來到起居室接受主人有關當天工作的指示。可是就在第四天，整個早上，人們都不見管家的影子。馬斯格雷夫將剩下的七名僕人召集起來，其中就有剛剛病癒卻仍神經兮兮的女傭瑞吉兒・豪厄爾斯，大家都說從清晨起就不曾見過布倫頓。

管家居住房間的床十分整齊，可以看出前一夜並沒有人睡過，只有一件經常穿著的黑色禮服不見了，其他衣服，還有手錶，甚至是錢財，都原封不動地留在屋裡。他的拖鞋不見了，外出時應該穿的皮靴卻還在。面對這樣的景象，主僕們都覺得有些異樣，沒有布倫頓不辭而別的跡象。正當大家面面相覷時，瑞吉兒・豪厄爾斯卻驚叫起來，她不斷地喊著同一句話：「他走了！他真的走了！」叫聲歇斯底里，令在場的每個人都感到毛骨悚然。大家認為她的腦疾復發，趕忙按住她，送她回房間休息。

接下來的兩天，瑞吉兒・豪厄爾斯發起了高燒，一直臥床不起。但就在第三天，來為她送早飯的女僕卻發現瑞吉兒不見了。瑞吉兒房間的窗戶大敞，順著窗戶下開始出現的腳印，大家尋到了草坪中央的一片小湖邊，足跡就此消失。每個人順理成章地想到，可憐的女傭可能是因為感情的挫折與腦袋的疾病而一時想不開，投湖自殺了。馬斯格雷夫先生感到很痛心，當即下令打撈瑞吉兒的屍體。

然而打撈後，卻不見屍體的蹤影，只有一個布袋被拉上了岸，裡面是一些失去光澤的水晶和玻璃製品，還有一堆暗淡無光、鏽跡斑斑的金屬物件。之後才知道王冠就在這些物品當中。線索就此中斷，管家與女傭就這樣相繼消失。

這時，遠處隱約傳來十一點的鐘聲，時間已經不早，但我和面前的莊園主人興致不減，他繼續著自己的講述：

「就這樣，在回莊園的火車上，我將事情的經過大致和福爾摩斯說了一遍。在火車站，我的馬伕早已等候在那裡。換成了馬車，福爾摩斯繼續向我詢問案情，他問：『你的管家布倫頓平日是一個怎麼樣的人？』」

「我如實相告：『他是父親在世時來到我們家的，當時他是一個落魄的小學教師。因相貌英俊，才幹非凡，很快地就贏得父親的信賴，一晃眼就在我家工作了二十年。其實，我始終認為，以他的能力完全可以謀得更好的出路，他興趣廣泛，精通歷史與音樂，能夠講多國語言，可是他始終安於現狀，一絲不苟地履行著管家的職責。』」

「『也就是說，他對於你的家族而言，是一個忠誠的好幫手。可能在你的莊園中，有什麼東西令他著迷，因而即便是有非凡的才能，也不願意從管家的位置上離開。』福爾摩斯說，『當然，這不過是我的推測而已，也或許這位布倫頓先生就是樂於現狀的人。你我都知道這世上不乏類似的人。』」

「『假如我的推測成立，那麼，我們接下來要面對的問題就是，』福爾摩斯接著說，『是什麼讓你的管家不願離開赫爾斯通莊園。也許一切的祕密就在於他當晚研究的檔案，一會兒到達莊園之後，請讓我好好看看那份檔案。』」

「華生先生，說實話，當時我對福爾摩斯的推斷不以為然。我認為，那份檔案的內容不過是一些無意義的問答而已，不足以成為線索，」馬斯格雷夫先生說，「我心裡開始暗自懷疑，我的這位校友是否真的有能力調查出案件的真相。」

「很多委託人一開始也有類似的想法，」我回答道，「可是最後，我們的大偵探總是能夠化腐朽為神奇。」

「是啊，正是如此。在研究過那份問答詞之後，福爾摩斯說：『聯繫到你對案情的描述，我現在可以負責任地說，你我看到的古老問答詞正是本案的關鍵，布倫頓一定從上面發現了什麼。』我說出了自己的真實看法，福爾摩斯並不急於反駁，他請我將打撈上來的布袋中的物品拿給他看，立刻就推斷出其中的金屬物件屬於查理一世時期。」

「端詳著古老的器物，福爾摩斯一定察覺到了什麼，他問：『你說你發現管家在書房的時候，他正在鑽研一份簡易的地圖，很可能正在將古老的問答詞與地圖相互對照。我認為，問答詞裡面應該有關於某個地點的資訊，而且你的管家極有可能已經按照提示找到了那個地點，我們有必要走一次布倫頓找出的路線。』」

「於是，你的朋友開始帶著我出發。他認為，成年禮上的問答詞提及的是一種獨特的測量法，指示的是一個地點，而首先要做的是找到兩個已知的方位，即一棵橡樹與一棵榆樹的所在地。他問：『在你家房屋的正方，我看到了一片橡樹林，請問裡面有沒有一棵是在起草問答詞的時代就存在的橡樹？』我回答：『確實有一棵，它是橡樹林中最古老，也是最高大的。』他又問我有沒有一棵同樣古老的榆樹，我想起確實有一棵，可是在十幾年前就被閃電劈毀了，只剩下樹樁，但我仍記得它的地點。」

「你的朋友聽完後興奮了起來，就好像是已經得知了事件的真相。按照他的指示，我們立刻乘坐馬車去榆樹的遺跡，那是草坪上一塊很隱祕的凹陷之處。我將樹樁指示給福爾摩斯，他邊看邊問我：『這個樹樁的位置大致就在大橡樹與房屋的正中間，是這樣嗎？』我想了想大橡樹的位置，事實果真如你朋友所言。他接著問道：『管家曾經向你打聽過有關橡樹的事情嗎？』」

「聽到福爾摩斯的發問，我暗暗吃驚，因為就在不久前，管家確實向我詢問過有關橡樹高度的問題。小時候，我的家庭教師曾經帶著我用幾何方法測量過整個莊園的建築與高大樹木的高度，我記得那棵榆樹高達六十四英尺。福爾摩斯喜出望外，因為他迫切地想知道榆樹的高度，他說：『等太陽偏移到橡樹最頂端的枝芽處，「太陽在哪裡？在橡樹上面」，問答中提示出的第一個條件即可滿足。而「陰影在哪裡？在榆樹下面」指的是什麼呢？我想這是說要在第一個條件滿足的同時，找到榆樹投影的最遠端。」

「我忍不住打斷福爾摩斯的話，因為榆樹已經不在，榆樹的投影又從何說起呢？福爾摩斯面對我的質疑，只是笑笑繼續說：『辦法可以找到，我們現在需要一根六英尺的木杆。』於是，我們回到房間裡，在儲物室找到了兩根大約四英尺的釣魚竿，他用尺大概丈量了一下，做了幾個標記，用繩子將釣魚竿錯開捆綁在一起，正好六英尺長。我們馬上回到榆樹樹樁所在的地方，這時太陽剛剛要偏過橡樹樹頂，福爾摩斯將木杆插入土中，沿著陰影的方向，記錄下影子的長度，我記得那長度是九英尺。」

「福爾摩斯完成這一切，滿意地對我說：『六英尺長的木杆，九英尺長的投影，那麼，六十四英尺長的榆樹，陰影就是九十六英尺。而且，榆樹投影的方向也自然與木杆的投影一致。』我們開始沿著投影的方向丈量出九十六英尺的距離，剛好就到了莊園圍牆的邊緣。福爾摩斯在那個地方做下一個標記，我在他標記的旁邊發現一個不算太舊的木釘，這應該就是布倫頓做的標記，他確實按照提示找到了我們當時所在的位置。」

「接下來的工作就不再複雜了，我們用指北針定好方向，向北走二十步，又分別向東、南兩個方向各走十步和四步，又按照指示向西走兩步，結果，我們所在的位置是由石板鋪就的甬道。我們一時沒了頭緒，因為甬道上並沒有什麼特別的地方，福爾摩斯覺得一定是他疏忽了什麼。我們思前想後，突然不約而同地驚呼起來：『就在下面！』是的，那份問答中有『就在下面』這句話，我想到甬道下面是家族用來堆砌木材的地窖，它和莊園最早的一批房屋一樣古老。」

「我帶著福爾摩斯從甬道左邊房屋的一道門進去，走下曲折迂迴的臺階。我從口袋裡掏出火柴，點燃放在門邊的提燈，地窖立刻亮了起來。不難看出，不久之前這裡曾有人來過。地窖中一度被胡亂丟放的小塊木材被拾掇到兩旁，地窖中間有一塊空地被騰了出來，上面是一塊安有鐵環的石板，鐵環銹蝕得很嚴重，從石板的質地可以看出它無比沉重。福爾摩斯將石板邊上的一條黑白格子布圍巾指給我看，我發現那是布倫頓的。」

「但地窖裡並沒有發現布倫頓的蹤影，我們覺得石板下面可能還有更為隱祕的地下室。我們用力拉石板，頗費了一番周折，才將它移到邊上。果然，入口顯現出來，內裡是黑鴉鴉的一片。福爾摩斯跪下身子，將提燈探入黑洞，查看裡面有些什麼。我也湊過去，地下室不大，大約四英尺見方，不過七尺深而已，在角落裡有一個被打開的木箱，木板因潮濕和蛀蟲的緣故已經殘破不堪。福爾摩斯說：『裡面好像除了一些古錢幣之外，沒有其他東西了……等等，有人！』」

「我的目光順著福爾摩斯所指的方向，落在了木箱邊上。一個蜷縮的人形，一身黑衣，雙臂搭在箱子上，前額緊緊壓在木箱邊緣。這個人顯然已經死去多日，正是我的管家布倫頓。」

「找到了布倫頓的屍體，可說真相已經相當明瞭，但女傭瑞吉兒．豪厄爾斯與案件本身的關係似乎仍難以得到一個合理的解釋，而她不再出現。福爾摩斯發現地下室木箱中殘餘的錢幣與從湖中打撈出的相同，這個情況令他對案件有了新的認識，他說：『可能是瑞吉兒．豪厄爾斯協助你的管家搬開重石板，找到了珍寶。管家應該是利用木料製造了一個支架，用以支撐石板，接著他隻身下到地下室，將珍寶裝在了袋子裡扔給在窖內守候的女傭，可是正當他準備回地窖的時候，木支架被挪動或被折斷，石板落下，困住了布倫頓。』」

「福爾摩斯在石板周圍找到了一些被加工過的木料殘餘，佐證了他的判斷。他接著說：『很有可能是為情所困的女傭一時衝動，為了報復負心人，弄斷了木支架。事後她將珍寶丟進湖中，最終畏罪潛逃。』華生先生，這就是案件的整個經過。至於瑞吉兒．豪厄爾斯，她再也沒有出現過。」

case 05

跳舞的小人

住宅各處多次被發現用線條畫著些跳舞的小人，這些畫暗藏著什麼樣的祕密，以致於讓屋主送了命，而屋主的妻子身受重傷？

我和福爾摩斯在北沃爾沙姆下車，剛邁出車站大廳，遠處便見一個人朝我們走來，他自我介紹說是這裡的站長。剛提我們要去的目的地，他一副胸有成竹的樣子，「看來，你們就是倫敦來的偵探了。」他說。

他的提問使我的朋友很不高興，沉默著並沒有回答他。

接著，站長向我們說了一連串足以使我和福爾摩斯感到吃驚的事實，「也許你們二位是外科醫生吧。那裡發生了一起兇殺案，她還沒死，至少最後的消息是這樣講的。」

這個「她」就是這個故事的女主角：埃爾茜．派翠克。

福爾摩斯的臉色陰沉，焦急萬分。

「我們要去馬場村莊園，」他說，「不過我們沒聽說那裡出了什麼事。」正如福爾摩斯所說，我們真的不知道這裡發生了什麼，我們到此地的目的只是來見見我們的當事人，阻止他可能遭受的危險。但顯然，我們可能來晚了一步，我們不希望發生的事情很可能已經變成了事實。

站長接著講述了整個事件，希爾頓．丘比特和他的妻子都中了槍，他們家的傭人說她拿槍先打丈夫，然後打自己。男的已經死了，女的存活的希望也不大。誰也沒想到這種事會發生在當地最有聲望的一家。

我和福爾摩斯完全啞口無言，現在要做的就是趕緊前往馬場村莊園，我們攔了一輛馬車，在車上我看到福爾摩斯失望的眼神，他很少這樣。七英里的路途顯得異常遙遠。馬車一駛到帶圓柱門廊的大門前，眼前的場景使我想起當事人信中所提到的種種詭異景象，頓時不寒而慄。網球場邊是那間引起過我們種種奇怪聯想的黑色工具房和那座日晷儀。顧不得想太多，下了車我們便徑朝房子走去。

和我們幾乎同時到達的還有一個人，諾福克警察局的馬丁警長。他留著小鬍子，身材短小精悍、動作敏捷。當得知我的同伴的名字後，他的驚訝一點都不亞於我們得知此事時的驚訝程度。

我能明白他為何如此吃驚，從他口中我們得知這件事發生在凌晨三點，而我和我的朋友要是得知此事之後才從倫敦趕過來，不可能這麼快到達這裡。

「啊，福爾摩斯先生，您在倫敦是如何聽說的，而且幾乎和我同時趕到了現場？」

我的朋友用一句話回答了驚訝中的警長，「我並不知道發生了這些事，但我已經料到。我是為了阻止這件事發生才來這裡的。」

警長用他那職業性的口吻繼續詢問我們掌握了哪些重要線索，或是調查了這件事情多久。但他很難想到，我們在沒有重要證據的前提下，為什麼會驅車從倫敦趕到一對當地最和睦的夫妻家裡，而且早先預料到會有不好的事發生。

「我的物證僅僅是一些跳舞的小人而已。」福爾摩斯說。

說到這畫著跳舞小人的字條，很有必要和讀者交代一下，沒有它就不會有剛才發生的那一幕。

半個月前的一天，我和福爾摩斯正在他的辦公室裡交談，他扔了一張紙條給我說：「華生，你看看這個，有什麼想法？」我看不出來這張畫著怪異符號的紙條有何特別之處。

「不就是一張小孩子的畫嗎？」

「我可不這麼認為。這是我的當事人希爾頓．丘比特先生目前最頭痛的問題，他急於知道這些跳舞小人的真正含義。這封信是早班郵車從他的住所諾福克郡馬場村莊園送來的。我們何不來研究一下？」我不得不和他在那裡對著這張「兒童畫」發了一下午的呆。我感到無從查起，頭都大了，他卻笑著說：「丘比特先生會乘坐今天第二班的火車過來，到時再詳細詢問。」

我們在屋裡喝咖啡，不一會兒，一陣響亮的腳步聲從樓梯口傳來，我想那必是丘比特先生了。不出所料，丘比特先生隨即推門進來。他高大健壯、衣著得體，很紳士地和我們握手。表情顯得平和冷靜，這也許就是受過良好教育的紳士所具備的特質。唯一能暴露出他焦急心情的，恐怕就是剛才那急促的腳步聲。若不是事情緊急，我想他一定不用親自乘早班車趕來。我們握過手準備坐下時，他的目光落在我剛才看過的那張畫著奇怪符號的紙條上。

等福爾摩斯介紹過我之後，丘比特先生就迫不及待地想把整個事件告訴我們。「我不太善於講故事，如果哪裡不太清楚，您可以打斷我，儘管問我。」他說「事情還要從我們結婚前開始，先說一下我們家的情況。雖然我算不上一個很有錢的人，但我們整個家族在馬場村居住大概已有五百年的歷史。在諾福克郡也可以算是當地聲望很高的一族。我和妻子的相識要追溯到去年。當時為了參加維多利亞女王即位六十週年的紀念典禮，我來到倫敦，住在羅素廣場的一家公寓裡，結識了同樣住在那裡的一位年輕美國小姐埃爾茜．派翠克，她就是我現在的妻子。」

他喝了口水接著說：「在倫敦還沒住滿一個月的時間，我們已經成了無話不談的好朋友，漸漸地感情發生了微妙的變化，我發覺自己愛她愛得不可自拔。作為一個名門子弟，和一個身分不明的女子戀愛聽起來似乎很瘋狂，但更加瘋狂的是我準備娶她。在倫敦住不到一個月，我就和她悄悄結了婚，隨後回到諾福克。你肯定覺得我竟然以這種方式娶妻，簡直是發瘋了吧，福爾摩斯先生。」

「結婚一年以來，我們的日子過得很幸福，彼此都深愛著對方。可是，一個月前的一天，大約就在六月底，我第一次感覺到煩惱。事件源起於一封來自美國的信，妻子讀完後臉色煞白，隨後就將信丟進火堆裡。儘管我很想知道發生了什麼，但也沒向妻子提過，我必須遵守諾言。」

「我的諾言是在結婚的前一天立下的，那天她莫名其妙地和我說了一些話，她說：『希爾頓，你娶到的女人是一個清白的、沒有做過任何讓自己良心不安事的女人。但是，你必須向我保證，並且讓我對自己以前的一些事保有隱私權。」我默許地點了點頭，她接著說：「我過去的一些事不願意再提，因為那會使我痛苦。我曾經和一些可恨的人有過來往，但現在我想擺脫過去，把他們統統忘掉。如果你娶我的話，就不要再過問我以前的事，如果你覺得這個條件太過於苛刻，那我們還是回到各自的生活中，你回你的諾福克，我照舊過我的孤寂生活吧。』我真誠地告訴她我不計較一切，並且願意滿足她的條件娶她，直到今天，我也一直信守著我的諾言。」

丘比特接著說：「對於美國寄來的那封奇怪的信，我再也沒有向她提起，心想也許事情就會淡忘。但大概一星期以前，就是上星期二，奇怪的事還是發生了。在我家的陽臺上，我發現不知誰用粉筆畫了些跳舞的滑稽小人，起初我以為是小馬倌畫的，可是他發誓說一點兒都不知道。但不管怎樣，我把那些小人擦掉了，後來又跟我妻子提到這件事。沒想到她聽後十分慌張，看得出來，她非常看重這件事，她讓我下次再發現類似的畫，一定要告訴她。這張紙條是昨天早晨我在花園日晷儀上找到的。埃爾茜看後昏了過去，醒來後似乎感到極為恐懼，眼睛也變得茫然無神。我感覺事情不太對勁，於是就寫了那封信給您。」

聽完他的講述，福爾摩斯斟酌了一下說：「這的確是一件很難看懂的作品，在平時我會當做一張兒童畫而忽視它，乍一看就像孩子們開的玩笑，在紙上畫了些在跳舞的奇形怪狀小人。如果不是你提到你妻子看到它之後的反應，那麼這根本不值得一提。」

「您說得很對，福爾摩斯先生，這張畫把我妻子嚇得要命。儘管她什麼也沒有說，但是以我對她的瞭解，這恰恰是最令她感到害怕的。這就是我要把這件事徹底弄清楚的原因。您有什麼想法？」他用期待的眼神看著福爾摩斯。「他們和我說，只有您能解決我這個問題，這事太離奇了。」

福爾摩斯透過陽光仔細觀察紙條上的內容，這是一張從筆記本上撕下來的一頁紙，丘比特先生特別臨摹的、陽臺上的粉筆筆跡，圖上那些跳舞的小人是這樣排列的：

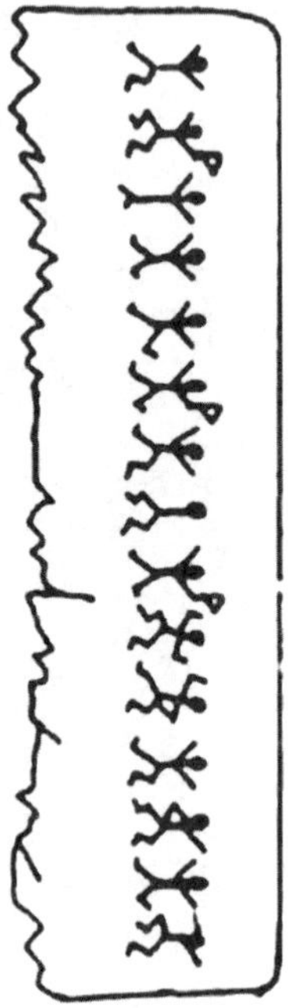

福爾摩斯拿著紙條看了一會兒，隨後便把這張紙條收進了自己的皮夾裡。

「這些難懂的符號假如是隨意畫的，咱們多半解釋不了。但從另一方面看，它顯然有其他含義，給我一段時間，我一定把它弄清楚。但是，現在的問題是你提供的材料不足，很難找到突破。你回諾福克後，請密切關注可能發生的一切，隨時把你看到的新的跳舞小人臨摹下來，記住！期間你認為比較蹊蹺的任何蛛絲馬跡，收集到新材料後隨時可以寄過來，或者來找我，這就是我現階段所能給你的建議。一旦有任何緊急情況出現，我隨時可以趕到諾福克。」

丘比特先生離開後，福爾摩斯對我說：「華生，這可能是一件最不尋常、最有趣的案子。」

這是我們與丘比特先生的第一次會面，之後我的朋友表現得異常沉默。連續很長一段時間，我都看見他從手提包中取出那張紙條，儘管他絕口不提這件事，但我知道他一直都在研究上面那些奇怪的符號。

事情一直沒進展，沒有任何消息從諾福克傳來。一直到差不多一個星期後，迎來了我們的第二次會面。福爾摩斯說他早上接到丘比特拍來的電報。通過電報的內容，福爾摩斯說他預感到有新的情況發生了。他應該在一點二十分到利物浦街，隨時可能到這兒。

我們沒有等待多久，就看見我們的當事人丘比特先生匆忙地坐著馬車趕來，這次的他看上去比上次更焦急、更沮喪，似乎一兩個星期的時光對於他來說很難捱，好像過了幾年一樣，我們迫不及待地想要知道發生了什麼。

果然，他給我們帶來了幾張新畫，而且有了一條重要線索，他看見那個傢伙了。

「是誰？是畫這畫的人嗎？」我和福爾摩斯忙追問。

「沒錯，是的，我看到他了。」他說著從懷裡掏出一張紙，展開來，放在桌上。這便是他臨摹下來的符號：

合上這張紙之後，我的偵探朋友連連說：「好，接著說下去。」

「那天把這些筆跡臨摹下來之後，我就把門上的粉筆符號擦掉了，但是更離奇的是，僅僅過了兩個早上，新的記號又出現了，按照您說的，我同樣把它記下來了。就是這張。」丘比特說。

我的朋友像個孩子一樣高興地搓著雙手，笑容出現在他的臉上。這是他接這個案子以來、我頭一次看見這麼輕鬆的表情，一定是得到了重要的資料。

「果然，咱們又有新進展了！」他說。

接著，我們的當事人又講到他看到第四幅畫的情形。「這幅畫我是在日晷儀上找到的，它被畫在一張信紙上，一塊石頭壓在上面。信紙上畫了和上次一樣的一行小人，幾乎和上次差不多，感覺是匆忙中畫下的。我當時很氣憤，跟妻子說：「下次，再被我看到，看我怎麼收拾他。」我氣急敗壞地發著狠話，轉過頭看她的時候，在月光下，她的臉忽然變得更加蒼白，另一隻手緊緊抓住我的肩膀。

也就在這個時候，我們都看到對面工具房裡有個黑糊糊的東西在移動，是人影，沒錯。我偷偷繞過牆角蹲著，並走到工具房門前隱蔽起來。眼見那黑影出現了，我正準備抓起手槍衝出去時，卻被我妻子使勁抱住，她拼盡全力抓住我的衣服，我用力地掙脫她。最後，當我終於掙脫她去追那黑影的時候，卻發現那黑影早已不見了。但留下了幾個新畫的小人。」

「新畫的那些有沒有臨摹下來？」

「畫下來了，就是這張。」他邊說邊拿出另外一張紙來

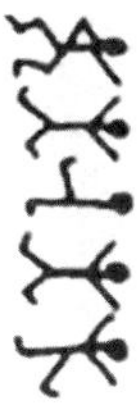

福爾摩斯繼續追問，這次新出現的小人是畫在上一行的下面還是完全分開的，當事人告訴我們是畫在另一塊門板上的。當聽到這句話的時候，我從福爾摩斯的眼中看到了明顯的興奮之色。

丘比特先生說，他此次來就是覺得要當面把事情經過講清楚，同時留下了三幅重要的證據。我們把紙條收好，緊接著開始安慰情緒激動的丘比特先生。在他敘述的過程中，他一度情緒激動，一方面是因他沒能親手抓住畫畫的人，更重要的是對妻子的表現很不滿。當他快要抓住那個人的時候，卻被他的妻子一把拉

住。妻子跟那個人到底有什麼不可告人的祕密？因為這個問題，他失眠了一整晚。我們極力安撫他的情緒，詢問他下一步的打算。

「我準備叫幾個壯漢埋伏在附近，等那傢伙一出現就把他狠狠地揍一頓，看他以後還敢不敢再過來。」

我們打消了他的這種想法，告訴他這個人並不是他想像中的那麼簡單，不要輕舉妄動。他答應我們會慎重，當問他可否在倫敦待兩天，到時候我們也許可以和他一起回去。因不放心妻子一個人在家，他說今天必須回去。

我們的這位客人走後，福爾摩斯又連忙把所有紙條都拿出來，一張張地擺在自己面前，迫不及待地研究起來，我默默地站在一旁。他一直在一張白紙上寫寫畫畫，四張紙條不停換來換去地看。時而眉頭緊鎖，時而露出滿意的微笑。最後，他終於滿意地長呼了一口氣，身子仰向椅背，伸了個懶腰。隨即寫了一份長長的電報寄了出去，說：「如果收到的電報裡面有委託人想得到的內容，那這件案子就更有趣了。」

我們耐著性子等了兩天，在這兩天裡，只要門鈴一響，福爾摩斯就急著跑過去開門，但每次都讓他失望。兩天過去了，仍舊不見回電。又過了一天，終於有了希爾頓．丘比特先生的來信，信中報告他家中無事，但有一條重要資訊，即當天清晨日晷儀上又出現了熟悉的人畫。他臨摹下來，並寄給了我們：

看著新寄來的這幅怪誕的畫，福爾摩斯猛地站起來，發出異樣的尖叫，臉色憔悴而蒼白。他緊緊抓住我的手說必須馬上行動，不能再任事件發展下去，現在已經很危險。

一番話說得我一頭霧水，因他從來沒向我透露過關於這件事的任何進展。他抓起衣服就往外跑，同時問我：「幫我查查今晚有火車去北沃爾沙姆嗎？」

我翻看列車時刻表，告訴他末班車剛剛開走。「那好，咱們明早坐第一班車去。」

原來，根據這封電報及以前的幾幅畫，福爾摩斯推測出丘比特先生現在的處境很危險。多耽擱一分鐘都對他很不利。明天一早必須趕過去，好讓那位善良的紳士知道自己正身處險境。

◈

終於等到天微亮，我和福爾摩斯坐上前往北沃爾沙姆的火車，等待我們的卻是故事開頭的那一幕。很快的，我們已經來到當事人家裡。

我們進去的時候，正好趕上本地的醫生從丘比特太太的臥室走出來。這個滿頭白髮的老人告訴我們女主人傷得很嚴重。醫生是一個叫桑德斯的女僕和廚子金太太請來的。

我的朋友是一個雷厲風行的人，按照他的辦案速度，房子的大廳很快就變成了調查廳來使用。女僕和廚子立刻被我們找來講述整個事件的經過。

透過這兩位婦女的講述我們得知，她們被一聲爆炸聲驚醒，緊接著又是一聲。由於睡的房子緊挨著，當時金太太便趕忙跑去找桑德斯，她倆一起來到樓下，透過敞著的書房門，她們看到桌上的蠟燭還燃燒著。男主人已經死了，臉朝下趴在地板上。她們在靠近窗戶的位置發現了女主人，她蜷縮著自己的身體，半個身子靠在牆上，顯然傷勢也很嚴重，滿臉都是血，同時大口地吸著氣。這兩個婦女很肯定地告訴我們，當她們進屋的時候，屋裡的窗戶並沒有打開，而且彌漫著濃濃的火藥味。照此說法，第三者出現的可能就存在疑問。

我們先對書房進行一番檢查。書房不大，對著花園的一側開了一扇窗戶，窗前是一張書桌。我們一眼便見到丘比特先生的屍體。從現場的情形來看，他是當場斃命的。子彈從正面射進他的身體並穿過心臟。他的手和鞭炮上都沒有火藥痕跡，而當地醫生說女主人的臉上有火藥痕跡，但手上沒有。

福爾摩斯指出，不存在火藥痕跡不代表什麼，要是有的話情況則大不相同。因大小合適的子彈，無論打多少槍都不會留下任何痕跡，只有很不合適的子彈，開槍的時候，火藥才會從後面噴出來。注意到男女主人身體裡各有一發子彈，福爾摩斯便問當地醫生是否已經取出女主人身體裡的那顆子彈。醫生說需要動手術才行，並告訴福爾摩斯，加上那支左輪手槍裡的四發，一共六發子彈都有了下落。

福爾摩斯不動聲色，眼睛卻看向一邊，不久後，他用手指敲打在窗戶框上，隨著他手指的方向，我們看到窗戶框底邊一英寸的地方有個小窟窿。

「這個怎麼解釋？」福爾摩斯問。

「沒錯，您怎麼發現的？」警長吃驚地說。

「因為我一直在找它。」

醫生此時已經完全處於驚訝狀態，他從沒有注意到窗戶上的這個小窟窿。這樣一來，他們此前的推斷全被否認，連醫生自己也說：「先生，您太高明了。當時肯定是有第三者在場，而且當時應該一共放了三槍。可是那人會是誰呢？我真想像不到他是如何逃跑的。」

福爾摩斯認為這就是下一步要解答的問題。隨後，他便帶著我們走向窗外的花園，希望在那裡找到一些新的證據。不出所料，在書房的窗戶外面，我們發現一座花壇，它直接延伸到書房的窗戶底下。

這時，大夥不約而同地看到花壇裡那被踩爛的花和大腳印。福爾摩斯像獵犬一樣在草裡和地上的樹葉間搜尋，伴隨一聲興奮的尖叫，他彎下腰撿起了一個銅質小圓筒，說：「太好了，看看這是什麼，這就是第三顆子彈的彈殼。警長先生，咱們的案子快要有眉目了。」

對福爾摩斯神速巧妙的偵查，我們都感到萬分驚訝。最感到吃驚的人要算那位鄉村警長。我想他在職期間，應該從沒有在如此短暫的時間內，徹底查清過如此撲朔迷離的案情。

現在他臉上剩下的就只有佩服，那副言聽計從的模樣我們都覺得好笑。剛開始見到我們時，他還極力表達著自己對這件案子的想法，但現在對於福爾摩斯的話卻毫不猶豫地執行著。

福爾摩斯從口袋裡取出許多張畫著跳舞小人的紙條，在桌子上一一擺開，反覆擺弄著。最後，他滿意地點了點頭。他用潦草的字體寫了一封信，讓小馬倌送到指定的地址，並交代他對於收信人提出的問題都不要做答就好。

當小馬倌走出去的時候，我瞟了一眼信上的地址：諾福克，東羅斯頓，埃爾里奇農場，阿貝·斯蘭尼先生。

屋子裡剩下我們幾個人，我的朋友認為是時候向我們揭曉謎底了。他先把希爾頓·丘比特先生給他寫信的事情敘述了一遍，緊接著就給我們分析紙條上跳舞小人代表的含義。

「丘比特先生第一次給我的紙條上的那句話很短，我只能有一點點把握所代表的就是字母E。但大家都知道E是英語中最常見的字母，多到它在一句話中出現的頻率也是最大的。我發現在第一張紙條上的十五個符號中，四個都是完全一樣的字母，因此把它們全都假設為E很合理。觀察這些畫，我發現有的帶小旗，有的不帶。我猜測帶旗子的圖形目的很可能是用來分隔句子中的一個個字母。我假設這是對的，並記下來是代表E的意思。」

「但是緊接著麻煩來了，除了E以外，其他英文字母出現次數的順序並不十分清楚。字母按出現次數多少的排序大概是T，A，O，I，N，S，H，R，D，L；但是T，A，O，I這幾個幾乎出現的次數差不多。我不可能把各種組合都試一遍，那也不是辦法。我只好等新材料來了再說。當事人第二次帶來的材料使我的推斷稍稍有些進展。」

「這是幾個不帶小旗的符號，這五個符號組成的單詞，我發現它的第二和第四個字母都是E。我猜測也許是lever（槓桿），或者是sever（切斷），或者never（決不）。當讀出第三個單詞的時候，我有一種十分肯定的感覺。這個詞顯然是用來回答一項請求的，結合當時發生的情況來看，這很有可能是女主人寫的回信內容。如果這是丘比特太太回復的話，那麼其他三個符號代表N、V、R的判斷就是正確的。」

「到了這一步，我仍感覺有很大的困難，但靈光一閃，一個很妙的想法出現在我的腦海裡。如果我假設這些懇求是來自一個和丘比特太太較熟悉的人，那麼一個兩頭由字母E構成，中間是由其他三個不同字母組合，這很像女主人的名字ELSIE（埃爾茜）。檢查後我發現確實如此，這個組合的詞，三次充當了一句話的結尾。我敢肯定這句話應該是對女主人提出的一種懇求或是提問。」

「在「埃爾茜」前面是一個由四個字母組成的詞，最後的字母是E，我試了其他各種以E結尾的詞，最終發現只有Come（來）是最恰當的。這樣C、O和M這三個詞被我找出來了，現在我可以再來分析第一句話，把不知道的字母用點代替，分成單詞處理後的句子就成了這樣：『．M．ERE．．ESLNE．』。」

「第一個字母僅有一種可能就是A，這個發現對於我推測這些字母有極大的明，因為它在一句話中的出現足有三次。很顯然我發現第二個詞的開頭極有可能是H，按照這種假設，這句話寫出來就是：

AMHEREA．ESLANE。

再添上名字中所缺的字母：

AMHEREABESLANE。（意為：我已到達。阿貝．斯蘭尼。）

有了這麼多字母之後，我更有希望解釋第二句話了，讀出來便是：

A．ELRI．ES。

我仔細斟酌這一句，將字母T和G填在缺字母的位置，這句話意為：住在埃爾里奇。那麼，剩下的就是調查埃爾里奇這個名字是寫信人的住址，還是旅店。」

福爾摩斯的一席話，使我和其他人心中的困惑一掃而光。

他接著說：「阿貝是個美國式的寫法，那麼這個阿貝．斯蘭尼就很有可能來自美國，結合女主人曾和她丈夫談起的那些暗示她過去的話，以及她總是遮掩事情，我料到這封從美國寄來的信很可能和犯罪有關。在倫敦的時候，也就是來這裡的前兩天，我拍了一封電報給紐約警察局一個叫威爾遜．哈格里夫的朋友，讓他幫我調查阿貝．斯蘭尼這個名字。」

「兩天後我等來了結果，他在電報上面說：『你調查的這個傢伙是芝加哥的危險分子。』也就在我接到電報答覆的那個夜晚，我收到了丘比特寄來的他看到的最後一幅人形畫。我用當時已經破譯出來的符號語言解釋了這幅畫，結果令我大吃一驚：

ELSIE．RE．ARETOMEETTHYGO。

添上P和D之後，這句話的意思就是：埃爾茜，準備見上帝。我意識到情況不妙，丘比特一家隨時有危險，所以我和華生以最快的速度趕到了這裡。令人失望的是，我們沒能阻止事情的發生，最壞的情況擺在了我們面前。」

「本人有幸能和您一起處理案子，這令我感到光榮，」警長充滿熱情，但也透露出一絲苦惱，「說實話，如果這個住在埃爾里奇的美國人是真正的兇手，他這時候必定已經逃跑，那麼我將受到嚴厲的處罰。」

「哈哈，」福爾摩斯笑道，「您多慮了，他不可能逃跑，我已經寫信請他來這裡。」

我們只需要原地不動靜靜地等待答案揭曉，那是一種焦急而興奮的等待。隨著大門的打開，一個人走了進來。我的朋友敏捷地朝著他的腦袋敲了一下，同時一把明晃晃的手銬也套在了他的手腕上。這傢伙好像明白了，木然地轉著眼睛，把我們環視了一圈，隨即苦笑起來。

「好吧，你們贏了。丘比特先生的太太寫信叫我來這裡，她不會也幫著你們設下圈套吧，你們串通好了？」

「丘比特太太受了重傷，她快要死了。」

聽到這個消息，這人發出一聲低沉的哀號，幾乎使整個屋子都震顫起來。

隨著一聲哀號，他朝靠椅上坐去，雙手緊緊捂住自己的臉，時間彷彿凝固了一般。過了一會兒，他終於抬頭說話了：「還有必要瞞你們嗎？但我敢肯定我不是第一個開槍的人，第一個開槍的是那個混蛋，我不算謀殺。你們要是認為我會傷害埃爾茜，那是你們不瞭解我和她，我是這個世界上最愛她的男人，她應該是我的，她保證她會嫁給我。不知哪裡冒出這麼個叫丘比特的英國人把我們分開，我想見她，我要把她帶回我身邊。」

「得了，你醒醒吧。她知道你所做的事之後，就開始疏遠你了，她來到英國就是為了擺脫你。」福爾摩斯厲聲說，「她逃出美國和一位英國紳士結婚，而你還緊追不捨，最終你釀成了何種後果？你把一個貴族殺死，又使他妻子絕望地自殺。這就是你幹的好事，阿貝．斯蘭尼先生，等待你的將是法律的制裁。」

「埃爾茜要是不在了，那我就沒什麼好在乎的了，」阿貝．斯蘭尼說，「我可以告訴你們事實，反正我是有理的。」

「我到這裡已經一個月，就租住在這個農莊裡，白天我從不出現在大家面前，晚上我則行動自如。我為的就是想盡辦法把我愛的女人帶走，我們通信的符號語言是我們組織的暗語，我和埃爾茜都知道。我苦苦哀求她離開現在的丈夫和我走，誰知她不但不領情，反而還要我離開，她的話激怒了我，我開始威脅她。她害怕了，答應我早上三點出來見我一次，條件是我不再糾纏她，為了能儘快見到她，我便敷衍地答應了這個要求。知道她丈夫已睡著，她才遲遲下來見了我一面，居然還帶著錢，原來她想打發我走。」

「氣急敗壞的我一把將她拉住，我當時是想把她從窗口拉出來的。不料，她的丈夫這時拿著左輪手槍跑了出來，當時埃爾茜被嚇暈了，我和她的丈夫正面相對，他朝我開了槍，我也本能地扣動了扳機，他隨即倒下。我急忙穿過花園逃走，同時聽見背後關窗戶的聲音。相信我，我沒有說一句謊話。之後發生什麼我也不清楚，直到接到一封小夥子騎馬送來的信。我被興奮沖昏了頭腦，斷定那是埃爾茜寫的，便來到這裡。」

當這個美國人說這番話的時候，警察局的馬車已經到達院子裡，警員們碰了碰這個美國人的肩膀。

「該走了，小夥子。」

後來得知，經過審判，阿貝．斯蘭尼被判死罪，但由於確實是丘比特先開的槍，這個美國人被改判勞役監禁。丘比特太太很久才恢復過來，目前她仍是孀居。因這件事，馬場村莊園在英國的「知名度」也大大提高了。

Sherlock Holmes

神探福爾摩斯 II

case 06

黑彼得

凌晨兩點，伴隨一聲痛苦的吼叫，烏得曼里發生了一起慘案：退休的船長被魚叉刺死在小木屋的牆板上。

現場留有一個海豹皮菸袋，地上掉有一本記載著大筆值錢證券資訊的筆記本。這些證據會指向誰呢？

「黑彼得」原名彼得．加里，他原是一名船長，由於性格陰鬱、脾氣暴躁，再加上他的面孔和大鬍子都呈黑色，船員們便贈送了他「黑彼得」這一稱呼。

彼得．加里生於一八四五年。在一八八三年，他擔任了丹迪港捕鯨船「海上獨角獸」號的船長。他非常擅長捕捉海豹和鯨魚，經常出海而且成績斐然。當上船長後的第二年，他就退休了。緊接著他出去旅遊了幾年，最後定居在弗裡斯特住宅區附近一個叫烏得曼里的地方。

在鄰居眼中，加里是個非常沉默、獨來獨往的人，始終嚴格按照清教徒的方式生活。他家中有妻子和女兒，還有兩個女傭人，但由於他家壓抑的環境，很多女傭做不了多長的時間就紛紛請辭。更糟糕的是，每當喝醉的時候，加里就像一個惡魔一樣虐待他的妻女。鄰居經常在半夜聽到他的妻女被趕出家門，甚至看到他追打著他的妻女。

鄰居們對加里的印象非常糟，大家都不喜歡他，甚至憎惡、迴避他。還有一次教區的牧師跑到他家指責他的不良行為，他卻大聲喝斥牧師進而破口大罵，因此就被起訴了。

在離家幾百碼遠的地方，加里船長還有自己的一間小木屋。這是間獨棟小屋，大概長十六英尺、寬十英尺，屋子每面都有小窗戶又掛著窗簾，只是窗戶從來不打開。他為木屋起了一個名字叫「小船艙」，平時晚上就住在這裡。他從來不讓任何人進入他的「小船艙」，鑰匙也隨身帶著，屋裡的東西都是自己收拾的。

日子就這樣平靜地過著。然而在一個星期二的晚上，加里喝醉了又大鬧起來，像一頭要吃肉的猛獸。他的妻女聽說他將回家，就急忙地跑開。很晚的時候，他回到了自己的小屋。大約凌晨兩點鐘，他的女兒聽到一聲慘叫，聲音大致就是從他小屋方向傳來的。

早上七點左右，一個女傭人看到他的房門開著，可是由於加里的脾氣實在令人害怕，傭人也不敢進去看。中午時分才有僕人敢進門，卻被嚇呆了：小船艙像個屠宰場一樣，裡面成群的蒼蠅嗡嗡直叫，加里船長背靠在牆的正中間，被一支捕魚鋼叉刺穿胸膛痛苦地死去，就像一隻被釘在牆上的甲蟲一樣。

人們趕快報了警，不一會兒，年輕的警探斯坦萊·霍普金就到了現場。他認真觀察一番，發現這個小屋子裡只有床鋪、儲物箱、地圖、圖表及「海上獨角獸」號的油畫。霍普金隨即展開調查和詢問，但一週過去，還是沒有線索，他決定尋求福爾摩斯的幫助。

我的朋友正處於興奮之中。最近雖然聲望與日俱增，但他並不希望自己像其他知名人物一樣拋頭露面。工作期間，他開始習慣使用一些假名。有時不管別人給他多少報酬，他也不願介入案件；然而有時候一些普普通通的案件，他反而願意花好幾週的時間專心研究。

霍普金來訪這天，我的朋友很早就出了門，很長時間都沒有回來，在此期間還有好幾個人來找過他。大約吃飯的時候，他回到家，腋下卻夾著一支短矛。

「你不會就帶著這個東西到處亂走吧！」我驚訝地叫道。

「呵呵，我帶著這個去了肉店。」

「肉店，幹什麼？」

「你猜不到的，我來告訴你吧。如果剛才你也在那家肉店的話，肯定會看到一位紳士用這把短矛用力地刺掛在天花板下的一隻死豬。沒多久時間就刺穿了，我很高興。你也去試試？」他一面倒咖啡一面開心地說。

「絕對是發生什麼事了。」

正在我倆交談的時候，霍普金過來了。他一身類似官方制服的英挺服裝，但卻面容愁苦，看來十分沮喪。

「霍普金，我收到你的電報，就非常希望見到你。情況怎麼樣？」

「先生，失敗了，非常失敗，沒有一點進展。我請求你的幫助。」

「好。」福爾摩斯滿口答應，「我已經研讀過有關這個案件的資料，你是如何看待案發現場那些菸絲袋的呢？還有沒有什麼線索？」

聽到福爾摩斯這樣說，霍普金大吃一驚。「菸絲袋是那人自己的，袋子上還刻著他名字的字母。由於他擅長捕捉海豹，那個菸絲袋還是用海豹皮做的。」

「他好像沒有菸斗？」

「是的，聽他的鄰居說他很少抽菸，我們也沒有找到菸斗。而且有鄰居反映說在事發前兩天，大約凌晨一點鐘左右，一名叫斯雷特的石匠經過他的小房，通過燈光和窗簾看到他屋裡有個人影，那個人影不是彼得·加里，因為那人長滿長鬍鬚，而加里是短鬍鬚。」

「哦，那你還有其他發現嗎？」

「福爾摩斯先生，我按照您的方法仔細查看了小屋內的地面和木板，沒有發現任何的足跡。」

「你是說沒有足跡？」

「是的，先生，沒有。」

「好吧，霍普金。我還從來沒有遇見過飛行動物作案的，肯定還有一些東西你沒有認真檢查。」

霍普金有些發窘，他趕緊說：「先生，屋裡還有一些東西是有疑點的。死者的身上插著一把捕魚鋼叉，小屋裡共有三把，現在還有兩把放在那裡。而且加里死去的時候衣著整齊，桌上還放著一瓶羅姆酒和兩個用過的杯子，推測他和殺人犯有約，但可能在交談的過程中，雙方起了爭執，殺人犯一怒之下拿起鋼叉殺死了他。」

「嗯，很有可能。」福爾摩斯說道，「屋裡還有其他酒嗎？」

「有，在酒櫃裡還放著白蘭地和威士忌，這些酒都沒有動過的痕跡，可能對我們沒什麼用處。」

「與案件相關的還有其他物品嗎？」

「這個筆記本。」霍普金從口袋裡掏出一本筆記本，黃褐色外表，有些老舊。福爾摩斯拿過筆記本，看到第一頁上寫有「J.H.N」及「一八八三」的字樣，第二頁上印有「C.P.R」，其他頁上都是一些數字，還有一些頁碼上寫著「阿根廷」、「馬達加斯加」、「聖保羅」等，在這些地名後面還跟著一些特殊的符號和數字。

「這是什麼？」福爾摩斯指著一些數字問道。

「好像是證券交易所的報表。J.H.N可能是經紀人名字的首字母，C.P.R也許是他的顧客。」

「C.P.R會不會是加拿大太平洋鐵路？」

「對，對，就是這樣。」霍普金狠狠地用拳頭敲著自己的大腿，一面責 自己太笨了，「那麼只要我們查出來 J.H.N 的意義，就有可能找到兇手。不過我查過一八八三年證券交易所的報表，並沒有這三個字母所代表的經紀人。福爾摩斯先生，我覺得這個記載證券的筆記本可能就指出了犯人殺人的陰謀。」

福爾摩斯的表情突然嚴肅起來，他詢問霍普金能否調查出筆記本中所涉及的證券。

霍普金說：「我們已經展開調查，但是這些股票的持有者大部分在南美，我們可能要花費一段時間才能查明白。」

突然，福爾摩斯像是發現了什麼，他趕緊拿起放大鏡，只見一小片不是很清晰的血跡映入眼簾。

「福爾摩斯先生，我撿起筆記本時這上面就有。」

「血跡是在本子上面，還是下面？」

「血跡是挨著地板的。」

「哦，這就說明筆記本是在謀殺之後掉在地上的。」福爾摩斯嘀咕著，「對了，我想這些證券中，沒有死者的證券吧。」

「是的，先生。」

福爾摩斯想了一會兒，就讓霍普金去準備一輛馬車，說要到現場看一下。霍普金像得到救星一樣，高興地喊出聲。但是福爾摩斯擺了擺手，「一週前應該會比較容易，現在去恐怕於事無補。」

◈

我們很快到達案發現場，這是一座小山旁的空曠處，有條綿延的小道和一間小屋，屋子的門和窗戶都正對著我們。

霍普金帶我們見了被害人的妻子和女兒，他的妻子面容憔悴、皺紋深陷、眼裡投射著恐懼的目光，看來她肯定長期受到虐待和折磨。

她的女兒是個二十多歲的女子，面容蒼白，對於父親的死，似乎非常高興，甚至還會祝福殺死父親的那個人。看著她們的表情，就可以推測出她們對黑彼得有多麼憎惡，他的死對她們就像一種解脫。

我們沿著一條小路朝「小船艙」走去。這間房屋四周都是木板，房頂也是木頭，非常簡單。當霍普金拿鑰匙開門的時候，他突然停頓了一下。

「房子被撬過？」

只見在門鎖的部分有刀痕，並且上面的油漆也被刮掉了，就像剛剛撬過門一樣。福爾摩斯也發現有人還想從窗戶進入屋內，但是沒有進到裡面。

霍普金說：「我肯定昨天晚上還沒有這些痕跡呢，絕對是有人來過。」

「也許是村裡的人想過來看看？」我說。

「可能性不大，村裡的人都很厭惡加里，也沒人敢從這裡走，更不必說在他死後撬門進他的房間。」

福爾摩斯笑了笑，「那人沒有進入房間，說不定今晚他還會過來。我們今晚要是不在這裡等他，就是一個失誤。」

福爾摩斯說著就進入小屋，小屋裡謀殺的痕跡已經被清理掉，但福爾摩斯還是很認真地一件件檢查，不過他的面容告訴我好像沒有什麼結果。

有一會兒，他緊盯著一個地方陷入沉思，「你從這個地方拿東西了嗎，霍普金？」

「沒有啊。」

「這個地方一定少了東西，可能是一本書或者一個箱子。你看這個角落的塵土要比別處少很多。」福爾摩斯說著，就建議我們先到外面的小樹林轉轉，等晚上再過來埋伏。

晚上十一點的時候，我們已經埋伏在屋腳附近的矮樹叢中，如果來人點燈的話，我們就可以看到他的樣子。隨著夜幕安靜下來，萬籟俱寂，任何動靜都能引起我們的高度警覺。

遠處教堂的鐘聲提醒我們已經過了淩晨兩點半，這也是黎明前最黑暗的時刻。突然，我們聽到從小屋附近傳來輕輕的腳步聲，接著又有金屬摩擦和碰撞的聲音，一個人正在用力開鎖。

聽到「嘎吱」一聲門響，借著燃起的火柴，我們看到一個年輕人進入房間，他看起來有二十歲，身穿諾福克式的上衣和燈籠褲，頭上還戴著一頂便帽。燈光下的他面孔蒼白，可能由於內心恐懼，我看到他的牙齒明顯在打著寒顫，全身也在發抖。他把點燃的蠟燭放在桌子上，然後慌慌張張地環顧了一下四周，之後便走到角落拿出一個大本子，斜倚在桌子上，快速地翻閱著這個本子，好像急切地在尋找什麼。等翻看完後，我們注意到他的拳頭緊握，滿臉的憤怒。他把本子合上並放回原處，吹滅了蠟燭。

正當他要走出房門的時候，霍普金一個箭步上前抓住了年輕人的衣領。年輕人嚇呆了，得知自己已經被逮捕的時候，他歎了一口氣：「你們是偵探吧。如果我說自己是無辜的，你們會相信嗎？」

「我們會調查清楚的。你叫什麼名字，為什麼這麼晚出現在這個地方？」

「約翰．霍普萊．乃爾根。我來這裡有非常重要的事情。」

霍普金說：「什麼事，如果你不告訴我們，審訊時可能對你很不利。」

年輕人還是面容慘白，渾身顫抖，他沉默了一會兒說：「好吧，我說。你們知道道生和乃爾根公司嗎？那是我父親經營的一家銀行，因為經營不善虧損了一百萬英鎊，很多家庭都因此破產，我父親也在那個時候消失了。

父親失蹤的時候我剛剛十歲。人們都在議論，說我父親偷走證券並逃跑，但其實並不是這樣。我父親覺得只要再多一點時間，他肯定能夠將這些證券變成現金，到那時就能償還所有的債務。於是在法院決定逮捕父親之前，他乘坐一艘小遊艇去了挪威。自此父親便音訊全無，我們都以為父親遇到了危險，他與遊艇還有證券全部沉入海底。

可是前一段時間，父親的一位朋友突然發現，父親所攜帶的證券又出現在市場上。我們當時特別驚訝，便花費了很長時間追查證券的來源，到最後我找到了彼得．加里船長，是他最早賣了證券。我經過調查發現他有一艘捕鯨船，而且當年我父親去挪威的時候，他的這條船剛好從北冰洋返航。

那時候是秋季，海上的風暴很多，很可能我父親的遊艇被吹到北邊，遇到加里船長。如果可以在加里船長這裡弄明白這些證券的情況，就可以證明父親的清白。」

年輕人停頓了一下，又接著說道：「於是我決定來找加里船長問個明白，卻聽到他被謀殺的消息。從員警發佈的資訊中我知道了這間小屋的存在，並且這個房間裡還留有加里船長的航海日誌，如果可以看到這些日誌，就有可能瞭解當年船上發生的事，還可能找到父親失蹤的原因。所以我決定在晚上進入這個房間查找那本日記，但是昨天晚上我沒打開門，今天晚上的時候又過來一趟。我找到了那本航海日誌，卻發現一八八三年八月的日誌已經全部被撕掉。」

年輕人無辜地看著我們，「我剛放下日記本，你們就過來了。」

「是真的嗎？」霍普金問道。

「是的，先生，這就是全部的事實。」年輕人的眼光有些閃躲。

「沒別的要說了？比如你昨天晚上以前沒來過？」

「沒有，先生。」

霍普金突然拿出那本沾有血跡的筆記本，筆記本的第一頁上就是這個人名字的首字母。看到筆記本，年輕人的臉上呈現痛苦的表情，他異常的驚訝：「你怎麼得到這個筆記本的？我想我是在賓館弄丟的。」

「夠了，有什麼話到法庭再說。」霍普金嚴厲地說道，他又轉向福爾摩斯，

「先生，非常感謝你的幫助，但是如果沒有你，我想案件也能取得圓滿結果。我先帶他去警局。」

那天晚上我們在勃蘭布萊特旅店住下，第二天一早就乘馬車回到倫敦。期間，福爾摩斯一直處於沉思狀態，他總覺得事情還存在另外一種可能，他甚至表示不能贊同霍普金的辦案方式，還在積極尋找證實第二種可能的線索。

到了貝克街，福爾摩斯看了幾封寫給他的短箋，之後便發出勝利的笑聲，「華生，第二種可能性是存在的，而且我相信明天這件困擾我十多天的案件就能得到最終結果。」

他讓我替他寫兩封信，一封以船長巴斯爾的名義給瑞特克利夫大街上海運公司的色姆那，讓他明天早上十點派三個人來。另一份寫給霍普金，請他明天上午九點半務必過來吃早飯。

第二天一大早，霍普金警長準時到來，他因為案子有了結果而興致勃勃。我們一起吃早餐時，福爾摩斯還問他：「你真的覺得那就是案件的最終結果嗎？」

「是啊，應該沒有別的答案了吧！」他情緒高漲。

「呵呵，案子可能還沒有真正解決。」

「真的嗎？還有需要調查的嗎？」

「那你能解釋一下案件的經過嗎？」

「據我調查，出事當天，乃爾根以假裝過來玩高爾夫球的身分，入住在勃蘭布萊特酒店，他住在酒店的一樓，方便隨時外出。當天晚上，他去了烏得曼里找彼得．加里船長交談，在談話的過程中，他們發生了爭執，然後他激動之下用捕魚鋼叉刺殺了加里船長。

謀殺案發生後，他非常驚恐，就趕緊往外跑，跑的過程中他弄丟自己的筆記本，筆記本上記載著種種追問彼得．加里船長關於證券的事，這和乃爾根講述的關於他父親證券的事相吻合。他逃跑之後，想到筆記本上記載的情況，不得不回到小屋，碰巧被我們抓到，整個事情就是這樣吧。」

「你覺得乃爾根會用捕魚鋼叉殺人嗎？」福爾摩斯笑著搖搖頭，「鋼叉戳出去需要很大的臂力以及投擲的精準度，如果你用魚叉叉過動物的身體，就知道這可不是件容易的事。華生知道，我練習了一個早上。但是你想想乃爾根，一看就知道他身體虛弱，肯定不能準確地投擲出這兇猛的一擊，更何況曾在窗簾上出現和加里船長喝羅姆酒的人影是個強壯有力的人，不可能是乃爾根。」

聽了福爾摩斯這一番推論，霍普金警長的興奮頓時煙消雲散。他一下子慌了，卻仍堅持著乃爾根及筆記本的證據，還詢問福爾摩斯：「如果你知道誰是罪犯的話，那他在哪？」

「他在樓梯那兒。」福爾摩斯說道，「華生，你準備一把槍，然後放在容易拿到的地方。」然後他把一張紙放在桌子上。

十點鐘，外面傳來喧鬧聲，是海運公司派來的三個人。福爾摩斯請他們陸續進來。

首先進來的是個個子矮小、面容紅潤、上了年紀的先生。福爾摩斯問了他的名字，並給了他半個英鎊，說：「實在抱歉，位置已經滿了，請你去那個房間稍等一會兒。」

第二個人身材細長、頭髮平直，福爾摩斯問過名字之後，也給他半個英鎊，讓他像第一個人一樣在房間等候。

第三個進來的人氣勢洶洶，頭髮和鬍子亂蓬蓬的，眼睛投射出蠻橫的光芒。他像水手似的，向我們敬禮，然後用手旋轉他的帽子。

「你叫什麼名字？」

「派翠克・凱恩茲。」

「做什麼工作？」

「叉魚手。」

「出過海嗎？」

「出過，有二十六次。」

「在丹迪港嗎？」

「是的。」

「能馬上出海嗎？」

「可以。」

「有什麼憑證？」

派翠克·凱恩茲先生從口袋裡掏出一張揉搓的皺巴巴的單子，福爾摩斯看了一眼說：「你就是我要尋找的人，桌子上有合同，麻煩你簽個字。」

接著我看到福爾摩斯正試圖用雙手插住他的脖子，然後聽到一陣吼叫，福爾摩斯和這位水手就在地上扭打起來。叉魚手的力氣很大，儘管福爾摩斯已經給他戴上了手銬，他還是非常用力地掙扎。在我和霍普金的幫助下，福爾摩斯終於制伏了他。直到我拿槍對著他的太陽穴，他才平靜下來。

當我們把他捆綁起來，每個人都氣喘吁吁。

「霍普金，案子終於要勝利結束啦。」

霍普金紅著臉驚訝地說：「先生，我永遠不會忘記我是你的學生，你是我的老師。我好像一開始就愚弄了自己，但我仍不明白你是怎麼辦到的？」

「不經一事，不長一智。」福爾摩斯說道，「記住了，辦案的方法有很多種，不可死守著其中的一種。如果你認定兇手是乃爾根，你就會忽視掉真正的殺人兇手。」

派翠克．凱恩茲突然大叫起來：「先生，我是殺了彼得．加里，但不是謀殺。當時情況緊急，如果我不殺他的話，他肯定會殺死我的。我知道加里船長的個性，他絕不會放過我的，所以我就拿起叉魚的鋼叉向他戳去。」

「到底是怎麼回事？」福爾摩斯問道，「你是怎麼來到這裡的？」

「好吧，先生，我把實情全告訴你們。那是一八八三年的八月，當時的彼得．加里是『海上獨角獸』的船長，而我是船上的叉魚手。有天當我們正從北冰洋往回行駛的時候，碰巧遇到一艘被吹到北方的小船，小船上只有一個人，我們都以為這人是大船沉入海底的時候，獨自一人乘坐小船逃出來的。我們把這個人還有他的一個鐵箱子救到船上後，他和加里船長聊了很長一段時間，第二天晚上這個人就消失了。水手們對陌生人不感興趣，也沒人問他到底去哪裡了。船上有人說看見他被海風捲到海裡去了，可是只有我看到是加里船長把他綁起來扔進了海裡，他自己一人霸佔了那個鐵箱子。第二年加里船長便退休不再出海。」

「我覺得他應該給我一筆錢封口，幾經周折才知道他住在哪裡。之後，我找到他並和他談了這件事，他答應給我一筆錢，可以讓我以後再也不出海。可是過了兩個晚上，等我過去找他兌現承諾的時候，他突然變得不可理喻。我們喝著酒，聊著過去的事，他臉色越來越難看，對我發火，還大聲斥罵我，手裡還拿著一把刀，我看他準備把刀從鞘裡拔出來時，順手便拿起旁邊立著的叉魚鋼叉，朝他擲過去。當時四周非常安靜，我看了看屋裡的東西，看到了當年的鐵箱子，於是就提起箱子離開，但是忘了我的菸絲袋還在桌子上。」

「我剛走出房屋沒多久，就看到一個人鬼鬼祟祟地走進屋子，進屋後不久就慌慌張張跑出來了，我也不知道他是誰。後來我就去了倫敦，在倫敦我打開箱子，發現裡面有很多證券。當時我一分錢也沒有，還是只能憑藉自己叉魚的技術賺錢，當我看到雇叉魚人的招聘資訊時，就去海運公司報名，他們就安排我來到這裡。」

「很好。霍普金，我覺得你可以把犯人儘快押送到一個安全的地方，這個地方不適合做牢房。」

「福爾摩斯先生，非常感謝你，」霍普金說道，「但我還是不知道你是如何抓到這個犯人的。」

「如果我很早就看到那本筆記本，我可能也像你一樣。但是從一開始我就將注意力放在其他線索上：菸絲袋、驚人的力氣、魚叉、羅姆酒，這些線索都讓我將目標鎖定海員，而且是捕鯨的海員。因為加里船長很少抽菸，我推測那個菸絲袋不是他的。」

「那你是怎樣抓到罪犯的？」

「霍普金警長，這個很簡單。據我調查，彼得·加里一生都在『海上獨角獸』工作，如果是船員，那肯定是這條船上的船員。我透過調查弄清楚一八八三年『海上獨角獸』上所有船員的名字，並看到叉魚手派翠克·凱恩茲的名字。我推測他還在倫敦，於是就在倫敦以北冰洋探險隊的名義招募叉魚手，他就過來了。」

霍普金警長連聲讚歎。福爾摩斯則建議他儘快把罪犯帶走，並趕快釋放乃爾根。他還奉勸霍普金向乃爾根道歉且將鐵箱子歸還給他，同時說，如果審判需要他說明的話，他一定會出現的。

Sherlock Holmes
神探福爾摩斯 II

case 07

金邊夾鼻眼鏡

偏遠的鄉村宅邸裡，品性溫和的祕書被刺殺在老教授的書房裡，現場遺留下一付形狀奇特的金邊夾鼻眼鏡。

彌留之際，祕書只留下一句話：「教授，是她！」而老教授對這個「她」似乎一無所知……

在一個下雨的深夜，警長霍普金給我們帶來一件他認為棘手的案子，因為找不到有人要謀害當事人的理由，他急於向我的朋友福爾摩斯求助。事情是這樣的：

幾年前，年長的考芮姆教授買了棟鄉村宅邸——約克斯雷舊居。教授身體不好，一天中大半的時間都在床上度過；另外半天時間則是讓園丁推著他在花園裡轉轉，偶爾也會自己拄著拐杖慢慢在房子附近轉轉。他是一個很有學問的老人家，說話也很幽默，鄰居們都很樂意和他往來。在他家裡有一位管家，名叫馬可，是一個中年女人，大家都稱她馬可太太。另外還有一名叫蘇珊·塔爾頓的女傭。自從教授住到這裡之後，都是這兩個女人在服侍他。

教授正在寫一本著作，因此雇用了一位祕書。這個年輕的男祕書叫威洛比·史密斯，他剛從大學畢業沒多久，工作勤奮，頭腦靈活，深得教授喜愛。他的工作基本上可以分為兩部分，記錄教授口述的話及查閱相關資料和書籍。威洛比·史密斯畢業於劍橋大學，教授看過他的證書。他從小就是個品學兼優的好孩子，而且性情溫和，工作努力。但正是這樣一位青年才俊，竟在教授的書房中遭人殺害。

我的朋友福爾摩斯認為警長帶來的資訊有限，很難破案，所以他覺得我們還是應該儘快到現場去一趟。約克斯雷位於肯特郡，距離凱瑟姆七英里，離鐵路線也還有三英里。

第二天早上，我們收拾好行李就動身上路。泰晤士河以及兩岸的沼澤地上灑滿冬日的陽光，但空氣仍然很冷。經過一路火車的顛簸，我們終於在離凱瑟姆幾英里遠的車站下了火車，在火車站等候馬車的空檔，我們草草地吃了幾口飯，隨後便乘著馬車來到約克斯雷舊居。一到那裡我們便開始工作，迎接我們的是警長霍普金。

一見到我們，他馬上將我們請到屋子裡，「經過昨天的現場調查，我初步瞭解了一些情況，這家人只有女僕蘇珊·塔爾頓還能說清楚當時的一些情況，據她說昨天上午十一點到十二點之間，她正在樓上的臥室裡掛窗簾。而考芮姆教授當時正躺在自己的床上，那天天氣不太好，他打算過了中午再起床。馬可太太也在房子的後面忙碌著，男祕書則在自己的臥室裡。」

「突然，女僕聽到祕書威洛比穿過走廊及下樓的聲音，而且徑自走向了書房。因為書房就在她所在房間的正下方，她聽得很清楚，確信這個年輕人就是走進了書房。但是她說當時並沒有聽見書房門關上的聲音，隨後便從書房裡傳出了一陣可怕的叫聲。那叫聲她這輩子都不會忘，聲音嘶啞而恐怖，絕望中夾雜著恐懼，她覺得毛骨悚然。由於叫聲幾近扭曲，她甚至不能好好地分辨出那聲音是出自一個男人還是女人。與此同時，一陣重重的腳步聲在整間屋子裡響起，很快便消失了。蘇珊被這突如其來的一切嚇呆了，愣了幾秒，她知道似乎發生了不好的事情。」

「過了一會兒，她才壯起膽子到樓下查看。當她走到樓下的時候，書房的門是關著的，她輕輕推開書房的門，映入眼簾的是直挺挺地倒在地上的威洛比。她走過去，想看看他怎麼了，一開始她並沒有發現傷口，但當她試圖把他的頭抬起來的時候，一股鮮血順著他的脖子流了下來。她清楚地看到威洛比的脖子上有一道很深的傷口，動脈被刺穿了。刺殺他的工具就在旁邊，那是一把拆信刀，在教授的書桌上，象牙質地，刀背很硬。」

警長頓了頓繼續說：「女僕起初認為史密斯已死，但當她用冷水瓶朝他的前額上倒水的時候，他的眼睛居然睜開了，並用微弱的聲音說：『教授，是她。』蘇珊說她保證聽到的是這句話沒錯，並且敢肯定這就是威洛比的遺言。而且當時威洛比好像還要再說些什麼，他費力地舉起右手，好像要指向哪裡，但他耗盡了最後一絲力氣，隨後就放下手死了。這時女管家也趕到了現場，她錯過了威洛比臨終的話。女管家讓蘇珊留下看著屍體，自己跑到樓上教授的臥室去報告情況。

她推開門，教授此時正驚慌地坐在自己的床上，顯然也聽到了剛才的叫聲，知道發生了可怕的事。他當時還穿著睡衣。」

「還有一個重要證據。」說著警察局局長斯坦萊．霍普金從他的口袋裡取出一個小紙包。他將紙包打開，裡面露出一副做工精緻的金邊夾鼻眼鏡，眼鏡一端垂著一條斷成兩截的黑絲帶。他說：「這不是威洛比．史密斯的，他的視力很好。我推測這應該是從兇手身上拉下來的。」

福爾摩斯從警長手中接過眼鏡，仔細地看了看，還放到自己的臉上比劃了一下。他把鏡片放在自己眼前，透過鏡片朝窗外看去，隨後便湊在燈下，仔細地琢磨起這副眼鏡來。最後，他笑著從桌子上拿起一張紙，大筆一揮寫上了幾行字，然後遞給對面的斯坦萊．霍普金。

他說：「朋友，看看吧，這也許對你破案有些用處。」

霍普金大聲地讀出了上面的話：「你要找的人是一位女士，她必定穿著體面。就面貌而言，她的鼻子很寬，眼鏡和鼻子之間的距離稍有些近，前額應該有一些皺紋。我建議你去周圍的眼鏡店找一些線索，因為這位女士很可能在最近幾個月內光顧過同一家眼鏡店兩次。她的眼鏡度數很深。這座城市眼鏡店不多，找到它是不難的。」

看到霍普金露出異常驚訝的神色，以及呈現同樣神態的我，福爾摩斯微微一笑，接著解釋道：「不要以為這很神奇，你仔細分析一下，就不難得出上面的結論。首先，我們從死者的遺言和這副眼鏡的外形，不難看出這副眼鏡的主人是一位女士；至於我斷定她一定穿著體面，是因為我考慮到，能戴這樣金邊眼鏡的人，絕不會是個邋遢的人。」

「而且，不知你是否注意到，這副眼鏡的鼻夾部份很寬，說明了這位女士的鼻子底部應該很寬，這樣的鼻子一般都短而粗。此外，我把眼鏡在自己的臉上比劃過，我的臉型已經算比較狹長的，但我的眼睛還是很難對上鏡片的中心，可見這位女士的眼睛長得十分靠近鼻子。華生，有一點不用分析應該也能明白，這副眼鏡鏡片是凹陷的，說明眼鏡度數很深。」

我說：「是的，你說的這些都合情合理，但是對於她去過同一家眼鏡店兩次的說法，我還是想不明白。」

福爾摩斯把眼鏡摘下來拿在手中。

他說：「你們湊過來，看這裡，眼鏡的夾子襯著軟木，為的是防止把鼻子壓痛。但是，你看現在兩邊的軟木顏色並不一樣，很顯然，有一側是舊的，而另一側的則是新近才換上去的。這種軟木一般都很難配到，因此我猜測她很可能去過同一家眼鏡店兩次。」

霍普金羨慕地說：「天啊！太妙了，我還沒見識過如此巧妙的斷案。我手中同樣掌握著證據，但這對我來說卻如同虛無，福爾摩斯先生，我太佩服你了。」

霍普金想起來昨天他畫了一張約克斯雷舊居的地圖，他認為這張圖能更好地讓我的朋友瞭解當時的情況。於是，他將地圖展開攤在福爾摩斯面前的桌子上。我站起來，走到福爾摩斯的背後，圍著一起看這張地圖。

霍普金警長一邊用手指點著地圖，一邊解釋給我們聽：「我只畫了自認為重要的幾處。其他不是特別重要的地方，你們應該可以在我講的時候想像出來。現在，我假設兇手進了書房，但她是怎麼進來的呢？從別處進來都很遙遠，最近的一條路就是經過花園的小道，從後門進來，那樣就能直達書房。至於逃走的路線，我認為也只有原路。因為我曾向蘇珊詢問過，她說通向書房的另外兩個出口，一個已被她鎖上，而另一個則通往教授的臥室。這時我認為應該注意觀察花園的小道上有沒有腳印，最近是雨季，有腳印的話一定能留下痕跡。」

警長頓了頓繼續說：「但我發現兇手很老練，小道上看不出一點點兒足跡。但我看過，小道兩旁的草被踐踏過，一定有人踩過去，這個人就是殺人犯，因為雨是在夜裡開始下的，而園丁和別的人，當天早晨都還沒有到那裡去過。」

「福爾摩斯先生，有些情況我已經調查清楚。我發現有人從外面謹慎地走進屋內，因為我把走廊也檢查了一遍，走廊上鋪著椰子毛編的墊子，但卻沒有在墊子上發現任何痕跡。之後，我從走廊走到書房，書房裡的主要陳設是一個書桌，其他傢俱並不多。書桌下邊有一個固定的櫃子，櫃子有兩排抽屜，中間是個小櫃，抽屜全開著，小櫃鎖著。抽屜裡面沒有貴重的東西，看樣子大概經常開著。小櫃裡的一些重要文件並沒有被翻動過的痕跡。教授告訴我他沒有丟失任何貴重的物品。」

福爾摩斯直了直身子：「我們還是到房子外面的草坪上去尋找一下線索。」我們跟隨他來到外面，他彎腰看著草地，仔細地檢查了一會兒說：「是有人經過這兒。我想這位婦女走路一定很小心，不然，不可能不在小道上留下痕跡。如果在小道的另一邊走，就會在濕軟的地上留下更清楚的痕跡。」

◈

我的朋友在院子裡踱著步說：「這件謀殺案做得很漂亮——小道已經到頭了嗎？我想這位客人一定是從花園的這扇小門走進屋子的，她當時應該還沒有預謀殺人，不然，她自己就會帶著工具，何必臨時抓起書桌上的拆信刀呢。她通過走廊，走過椰子毛的墊子，然後走進了書房。我們誰也不知道她在書房停留了多久，這無法判斷出來。」

「先生，我忘了告訴你，她應該停留沒幾分鐘。因為女管家曾告訴過我，在出事前大約一刻鐘的時間，她還在書房裡打掃。」警長說。

「太好了，你怎麼不早說！這是一條重要線索，它告訴我們一個時限。那麼，我們可以繼續推測，這位客人走進屋裡是為了什麼呢？她走近書桌，難道在書桌的抽屜裡有她需要的東西？可是即便有她想要的東西，一定也已經鎖起來了。難道他想拿小櫃裡的東西。哦，等等，小櫃上好像被什麼東西劃過。華生，點根火柴。霍普金，你怎麼沒看出這裡有一道刮痕？」

這道刮痕是從鑰匙孔右邊的銅片上開始的，小櫃上大概四英寸長的皮被劃掉。

霍普金一臉無辜地說：「福爾摩斯先生，我看見了，但是鑰匙孔周圍的刮痕不是很正常的嗎？」

「但是，你仔細看看，這條和其他的不一樣，它是一條新的刮痕。你把放大鏡拿來我看一下。對，沒錯，這個刮痕是新的，舊的刮痕顏色和銅片表面顏色是一樣的，而這條痕跡兩邊的油漆像犁溝兩旁翻起的土一樣。馬可太太在嗎？」

隨後，一位年紀較大面帶愁容的婦女走進屋裡，她就是馬可太太。

「這個櫃子你昨天上午擦過嗎？」

「是的，先生。」

「當時你發現這條痕跡了嗎？」

「先生，沒有。」

「我想你也沒有，不然油漆的粉屑會被抹布擦掉。你清楚誰拿著這櫃子的鑰匙嗎？」

「鑰匙在教授的錶鏈上。」

「好，馬可太太，你可以回去了。我想我們的調查有了一些進展。可以想像得出這位客人走進屋子裡，她來到櫃子前，有兩種可能，一種是已經打開了它，要麼就是設法要打開它。但巧的是，威洛比．史密斯正在這個時候走進書房。」

「於是，她匆匆忙忙地把鑰匙拔出來，慌亂中就在櫃門上留下了一道痕跡。由於威洛比發現了她，並且想要阻止她，於是她抄起一件近在手邊的東西，就是那把拆信刀，向威洛比刺去，好讓威洛比放開她。這一刺使威洛比受了致命傷。威洛比倒下了，她隨後逃跑，但我們無從推斷她是否帶走她想要的東西。女僕蘇珊在這兒嗎？蘇珊，你跟我說，在你聽到叫喊聲後，你認為她能從那扇門走掉嗎？」

「先生，她完全不可能從那扇門走掉，因為從我當時所在的位置，有任何人出現在走廊，我都能清楚地看見，但當時我沒有看見任何東西，也沒聽見任何聲音。」

「既然他不可能從這邊的通道逃走，那麼有可能是從來時的路逃走的。我知道這面的走廊通到教授的臥室。那裡有出口嗎？」

「先生，那裡沒有。」

「走，我們一起去拜訪一下教授吧。喂，霍普金，帶我們過去，通向教授臥室的走廊也鋪著椰子毛墊子，這一點也很重要。」

「但我想不出來這與案情有什麼關係。」

「來吧，我們先去，你會明白的。」

我們跟著霍普金走過一個長長的走廊，走廊的盡頭有一段樓梯，樓梯的盡頭是一扇門。我們敲了敲門，然後走進教授的房間。

房間很大，但幾乎都被書佔據著。此時，房子的主人正靠著枕頭，躺在床上。他長著鷹鉤鼻，面龐瘦削，相貌很是奇特，算得上是我見過的長得比較特殊的人。當他轉過身的時候，我看到了一對深陷在眼窩中的敏銳深藍色眼睛，我從來沒有看過外貌這麼奇特的人。同時我聞到在屋子裡彌漫著濃濃的菸草氣息。他伸出沾滿黃色尼古丁的手和福爾摩斯握了握手。

他說話的語調很慢，措辭也十分小心。

「福爾摩斯先生，你抽菸嗎？請你抽一支吧。這位先生，你也抽一支吧。我最近菸抽的很多，我知道這很不好，但一個老人能有什麼可娛樂的呢？剩下的只有菸草和工作，而現在只剩下菸草了。」

他說：「如果你能幫助我們釐清這件離奇的案子，我將不勝感激。弄清楚這件沒有頭緒的命案，我會非常感激你。有你幫助我們，實在是萬分榮幸。」

福爾摩斯在屋子裡走來走去，而老教授還在絮絮叨叨地講著。別的我沒有發現，只發現我的朋友與往常很不一樣，他菸抽得很快。

「教授，我很清楚，事發的時候你不在現場而是在你的床上，但我只是想知道一個問題，你的祕書最後說了一句『教授，是她』，你覺得這其中包含著什麼含義？」

老教授說：「蘇珊是個農村來的女孩子，她的很多話都是愚蠢的，我認為祕書當時只是恍惚中說的一句話，蘇珊卻把它當成重要的暗示語言，簡直不可思議。」

「可是，你怎麼解釋他手裡的那副金邊眼鏡呢？」

「好了，我不是一個空想家，只是一個讀書人。我的朋友，你知道當一個人陷入愛情的時候，深陷其中，想要結束自己的時候，任何一件他認為珍貴的東西都可能握在手上。那可以是一把扇子、一只耳環、一副眼鏡，或是任何東西。而那把拆信刀，我認為極有可能是他在摔倒的時候丟出去的，倒不像是故意有人謀害，我看，自殺的可能性要大些。」

我的朋友不停地踱來踱去，菸也是抽了一支又一支，也許是老頭的話使他感到驚奇。

不久後，他又問道：「你書桌的小櫃子裡面裝了什麼重要的東西嗎？」

「那只不過是一些家人的證件及我妻子的來信。給你鑰匙，你自己去看吧。」

福爾摩斯接過教授手中的鑰匙，看了一會兒，又把它還了回去，說道：「也許繼續盤查鑰匙的問題對我來說沒什麼用，可能到你的花園裡透透氣，仔細想一下，更有益於我理清頭緒。抱歉，打擾你了。」

說完這些話，他便一個人來到花園，默默地來回走了很久。

之後，福爾摩斯又把僕人叫來問了幾個問題。一個是關於教授最近食欲的問題，女僕說：「教授最近食量不但沒有減少反而增大了，真叫我吃驚。可是呢，自從昨天早上看見史密斯先生倒在屋裡地板上開始，我對吃的東西連看都不想看。是的，世界上有各式各樣的人，教授可沒因為這件事而吃不下飯。今天早晨他吃得很多，我從來沒有看過他吃這麼多，而且午飯他又要了一大盤肉排。」

◈

之後一上午的時光，我們都在花園裡度過。儘管我們不太明白我這位朋友的用意，但敢肯定他這麼做一定有他的道理。用餐過程中，蘇珊一邊招呼我們，一邊講起了一些她所知道的情況，福爾摩斯對此產生了極大的興趣。蘇珊提到男祕書散步回來後，大概也就是半個小時後，便發生了這件慘案。說者無意，聽著有心，我看到福爾摩斯很用心地聽著，並且好像還思索著什麼，顯然他已經把這件事和案子聯繫了起來。只見福爾摩斯說：「朋友們，讓我們上樓和教授談談吧，我想這件事馬上就要有結果了。」

走進這位老人的房間，他剛剛吃完飯，盤子已經空了，正如我們所瞭解到的，他的食欲果然不錯。老人嘴裡叼著菸，轉過頭來說道：「你把這件離奇的案子調查清楚了嗎，福爾摩斯先生？」言語中帶著譏諷。

福爾摩斯說：「當然，現在已經很清楚了。」

我和霍普金都感到吃驚，同時我們看見老教授那憔悴的面孔和不停抖動的嘴。老人譏諷地朝我們一笑說：「哦？說來聽聽。」

「犯人就在這裡。」

「什麼！這裡！什麼時候？」

「就是現在。」

「先生，我不得不告訴你，作為一名偵探，你應該保持嚴肅，不要在這裡開玩笑。」教授說。

見我們不動聲色，教授大聲喊道：「你發瘋了嗎？你在說什麼！」

福爾摩斯用他細長的手指指了一下屋子角落裡高高的書櫃，冷靜地說：「她在那裡。」

霎時，老人像是遭到了雷擊一樣，他顫抖的雙手還沒舉起來，整個人就癱坐在椅子上。這時，櫃子的門自動開了，我們都大吃一驚。隨即，一個女人急忙忙地出來，我們聽到她操著異國口音的語調說：「沒錯，我就在這兒。」

她和我們從那副眼鏡裡推測出來的形象完全相符，眼睛之間的距離稍短，鼻子較闊，衣著華貴，面容卻很滄桑。這時，一旁的老教授癱坐在椅子上，用陰鬱的目光注視著她。而此時，斯坦萊·霍普金正要抓住她的手臂，給她戴上手銬時，卻被她一把推開。

她說：「先生們，你們放心，我會乖乖束手就擒的。我確實是殺死那個年輕人的兇手，那是意外，因為眼鏡被他抓落，所以我掙扎地想逃走，於是隨手就從桌上抓起一件東西，向那個青年刺去，後來我才感到那是一把刀，我說的句句屬實。」

她的臉色很難看，坐到床邊上。「在我所剩不多的時間裡，我要向你們揭露一個人的醜惡嘴臉，並把全部事實告訴你們。我是這個人的妻子。他不是英國人，是個俄國人，我不想說出他的名字。」她指著教授說。

老人的心情顯得很激動，他喊道：「安娜，上帝保佑你，上帝保佑你！」

她藐視地朝老人看了一眼，說道：「先生們，我二十歲的時候嫁給他，當時他已經五十歲了，而我在俄國的一座城市上大學。」

老人又咕噥地說：「安娜，上帝保佑你。」

「你知道，我們一群人是革命家、無政府主義者，我們人數很多。後來遇到困難，很多人被捕。而這個人竟然出賣了我們所有人，自己用得來的這筆錢，逃到國外，這個卑鄙的傢伙。他害得我們的人流亡的流亡，慘死的慘死，沒有一個倖免於難。」

老人哆哆嗦嗦地伸出手又拿起一支菸，說：「安娜，隨便你處置我吧，你一向對我很好。」

「他最大的罪惡你們還不知道。為了掩蓋這件事，他把我和另外一個同志的往來信件藏了起來，而這些信件正好可以證明我們這個同志的清白，這位同志高尚、大公無私、樂於助人，這些氣質我丈夫完全沒有。」

她接著說：「後來我刑滿出獄，第一件要做的事就是尋找那些信件，以便為那位被誣陷的同志洗雪沉冤。俄國政府在得到這些東西之後，便會依照法律將我的朋友釋放。幾個月的查訪之後，我終於知道了他的住址，但我清楚他的為人，肯定不會善罷甘休，我只能親自動手找回那些信件。但是，現在東西雖然拿到手了，卻付出了巨大的代價！」

「當時是這樣的，在我剛剛拿到日記和信件，正要鎖上櫃子的時候，一個青年抓住了我。在爭執過程中，我誤傷了他。看到他死了，我很害怕。」

她接著說：「之後我闖出書房，走錯了門來到我丈夫的房間。他說要告發我。我告訴他：如果這樣做，我不會放過他，他如果把我交給員警，我就把他的事告訴我們的團體。我們的人一定會很快找到並殺了他。他害怕了，就是因為這個緣故，他才掩護我。他把我塞進那個黑暗的角落——只有他自己知道這個祕密。他吩咐傭人把飯端到屋裡來吃，以便可以分給我一些，而且他一直要向我索取我拿到的東西，我一直和他僵持著。後來我們商量，等時機到了，趁著天黑他會協助我逃跑，我就把東西交給他。」

「但是，哪能這麼便宜他，我就算死也要保護好這得之不易的證據。現在好了，既然我已經被識破，也沒什麼好擔心的。」她從胸前拿出一個小包，交給福爾摩斯，說：「這個小包裹可以救我的朋友。先生，出於你的正義和榮譽，我把這包裹委託給你，請你一定要把它交給俄國大使館。我的職責已盡，沒有遺憾了，而且……」

福爾摩斯大喊一聲：「攔住她！」隨即從她手上奪下一個藥瓶。

事情發展到後來是這樣的：那個女犯人被判處死刑，在被羈押的日子裡，她顯得很坦然。她說用自己的生命換得了友人的清白，讓卑鄙的小人浮出水面，她死而無憾。而對於教授所犯下的一些錯誤，因為涉及敏感的歷史問題，還有待進一步調查，但他也難逃應有的懲罰。

我對於福爾摩斯的智慧感到無比敬佩。關於這宗離奇的案子，我用手中的筆記下了福爾摩斯當時的話。他說：「這個案子，其實很簡單，也發人深省。眼鏡的問題我之前已經說過，而且也判斷得完全正確。戴眼鏡的人近視程度很深，離開眼鏡什麼事也做不了。這就是為什麼她會拿起刀子向受害人刺去，她的近視導致她屢屢出錯。當霍普金讓我相信她確實從草地上走過的時候，我就判定這不太可能。對於一個近視如此之深的人來說，那難度實在太大。所以，另外一種假設就非常明顯——她仍在這棟房子內。」

「我一看見兩個走廊完全相似，就想到她很可能走錯路，這樣她就會走到教授的屋中。接著我密切注意著一切能夠證實這個假設的事情，仔細地檢查這間屋子有沒有可以躲藏的地方。霍普金先生，還記得嗎？我在教授的屋子裡抽了很多支那種菸，為的是故意把菸灰灑在可疑的書櫃前。這是簡單而有效的辦法。我們下樓去的時候，正好給了他們一些時間，我等的就是她出來時剛好踩到那菸灰上的證據。下午我們再去找教授的時候，我留意了一下，櫃子旁的菸灰確實有踩過的痕跡，這一點可以證明在我們走後她曾出來過。好了，現在都釐清了。」

這棟鄉村宅邸約克斯雷舊居至今依舊矗立在那裡。隨著歲月的流逝，也許人們已不再關注這件轟動一時的案子，但約克斯雷舊居裡發生的故事，將永遠被記錄在書裡流傳下去。

Sherlock Holmes

神探

福爾摩斯 II

case 08

格蘭其莊園

惡魔般的丈夫嗜酒成癖，天使般的妻子國色天香，忠心耿耿的僕人一心為主，曾經富麗堂皇的莊園而今陳舊衰敗。

一天晚上，格蘭其莊園的布萊肯斯特爾爵士的血和腦漿濺滿屋子，故事由此開始……

在一條狹窄幽靜的鄉間小道上，有這樣一座富麗堂皇的莊園。莊園裡面有兩排老榆樹，順著老榆樹的方向望去，可以看到一間低矮而寬敞的房屋，房屋的中央覆蓋著大片的常春藤，正面還有帕拉弟奧式的柱子。這間房屋顯得有些老舊，但從旁邊高大的窗戶可以看出，這棟房屋進行過改建，有一邊是新建的。

這就是格蘭其莊園，莊園的主人是優斯塔斯．布萊肯斯特爾爵士，他是肯特郡最有錢的富翁，他的妻子是一位非常漂亮的澳洲女人。據鄰居介紹，布萊肯斯特爾夫人有著白皙的皮膚，深藍色的眼睛，金色的頭髮，美麗的面容，而且儀態優雅。

一八九五年，他們在一次旅行中邂逅並相愛。他非常和藹可親，用他的爵士地位、金錢及倫敦式的氣派贏得了她的芳心。她到倫敦後的第二個月，又遇見他，後來他們就結了婚。布萊肯斯特爾夫人有一個女僕，這個女僕名字叫梯芮薩．瑞特，她們一直都生活在一起，夫人從小就受到女僕的照顧，在她結婚的時候，女僕也隨著她從澳大利亞來到了英國。然而，結婚後的布萊肯斯特爾爵士完全像變了個人，他變得粗暴，還不時虐待家人。他經常嗜酒，喝醉的時候就像一個惡魔，什麼事都做得出來。據說他曾經把她的一條狗扔到煤爐裡，還把鐵做的水瓶多次扔向他的女僕梯芮薩．瑞特。他有錢有勢，卻很少參加社交活動，大部分時間都要求夫人整日整夜地和他待在一起，這對布萊肯斯特爾夫人來說簡直是一種精神折磨。來自自由、寬鬆的澳大利亞南部的她對拘謹、講究禮節的英國生活並不適應，加上不幸的婚姻，使她一直情緒鬱悶、面容憔悴。

一天晚上，所有的僕人都像往常一樣睡在格蘭其莊園新建的側房裡，女僕在自己的房間隨時等候主人的吩咐，夫人也像往常一樣檢查屋子裡的東西是否收拾得當。布萊肯斯特爾爵士通常都是在十點半左右休息，他在自己的書房看書。在布萊肯斯特爾夫人檢查窗戶的時候，突然一陣風吹過，迎面竟站著一個年輕人，夫人立即昏暈了過去。第二天就傳來莊園裡布萊肯斯特爾爵士被謀殺、妻子被綁架的消息。

◈

「快，快，華生。事情非常緊迫，我們要趕快到達現場。」

一八九七年冬末的一個早晨，還在睡夢中的我聽到福爾摩斯焦急的聲音。他面容緊張，看來又發生了特別棘手的案件。

「什麼都不要問，快點穿衣服，我們要趕快。」馬車已經在街道上等候，我們飛速地坐上馬車，朝著查林十字街火車站的方向奔去。

一路上，福爾摩斯隻字未提，他眉頭緊湊。到火車站後，我們喝了點熱茶，然後找到位置坐下。這時，福爾摩斯突然拿出一封信，說這是警探斯坦萊·霍普金寫來的。斯坦萊·霍普金表示案件非常特殊，急需福爾摩斯的協助，而且還簡略介紹了案件的情況。福爾摩斯說，根據他對霍普金的瞭解，這可能是件謀殺案。而且霍普金心情很激動，他一向沉著，看來這件案子確實棘手。根據事發後報警員警要到蘇格蘭場然後霍普金才到案發現場，以及發信時間、信紙的質地等，福爾摩斯推測這是一樁發生在上流社會，並且在昨天夜裡十二點前發生的案件。因為信件上面有E、B兩個字母組成的家徽，並且上面顯示的地點風景異常美麗。

福爾摩斯曾說，我在記錄案件的時候習慣從寫故事的角度出發，如果能從科學破案的角度進行概述的話，就會多注意一些破案的技巧和細節，以便於保持案例的示範性和教育性，讓讀者在扣人心弦的情節中感受破案的魅力。

我們剛到達格蘭其莊園，遠遠就看到年輕聰明的霍普金站在門道前迎接我們，他的樣子看上去非常焦急。

他大步上前，急忙說道：「福爾摩斯先生，華生大夫，你們能過來我真的非常高興。如果不是情況太緊急，我不會麻煩你們的。」

「現在是什麼情況？」福爾摩斯問道。

「夫人已經甦醒過來，她把事情講得非常清楚。根據她描述的情況，我們推測是路易珊姆那夥強盜幹的。」

「是那三個姓阮達爾的？」

「是的，先生。他們太殘酷了，兩週前在西頓漢姆他們剛做了案，現在又用通條殘酷地殺死了布萊肯斯特爾爵士，他們真該被絞刑伺候。」

霍普金說著，就帶我們來到布萊肯斯特爾夫人的房間。夫人剛盥洗過，身穿一件藍白相間的睡衣，旁邊還放著一件黑色鑲著白邊的餐服。顯然，她的神情有些疲憊而且還很憔悴，一隻眼睛紅腫著，女僕正在旁邊用稀釋的醋給她沖洗眼睛。女僕個子很高，神情嚴肅。夫人躺在一張睡椅上，臉色痛苦，但是她的目光及面容呈現出的機警都告訴我們，她沒有被這樁慘案嚇倒。

「霍普金先生，我知道的都已經告訴你們了。」她十分厭煩地說，「當然，你們如果認為有再講一次的必要，我就再講一遍好了，但一想到那個恐怖的場景，我就非常驚恐。」她顫抖起來，抬起手擋著臉。

「昨天晚上，我像往常一樣在睡覺前檢查屋內的情況。當我走到窗戶前的時候，發現窗戶還開著，正在我拉窗簾的時候，突然出現一個寬肩膀的年輕人，這個人背後還有兩個人。他立即就衝著我走過來，掐住我的脖子，我正要開口喊的時候，一個拳頭就砸在我的眼睛上，使我昏暈了過去。等醒過來的時候，發現他們已經割斷了叫傭人的鈴繩，把我緊緊綁在一把椅子上，我的嘴裡還被塞著手絹。」

「正在這時，我看到我那倒楣的丈夫走了過來，他手裡還拿著黑刺李木棍，顯然聽到了可疑的聲音。他衝向那夥強盜，但是那個年紀大些的強盜早已拿起爐柵上的通條，朝著我丈夫頭上猛地砸下去。我的丈夫倒在地上，呻吟了幾聲，就再也動彈不了。我又一次昏了過去，依稀看到他們從餐具櫃裡拿出一瓶酒，每個人手中都端著酒杯。他們耳語了一番，還走到我的面前看繩子是否綁緊了。後來他們就走出去了。掙扎了好久，我才把手絹從口中弄出去，開口叫來女僕，讓她趕緊報警。先生，這間房子正中央的部分包括起居室、廚房和樓上的臥室，都沒有人居住，不管發生什麼事情這裡的聲音都傳不出去，這夥強盜肯定知道這個，否則他們不會這麼肆無忌憚。好吧，先生們，我已經把我知道的都告訴你們了，請你們不要再讓我複述這段痛苦的經歷了。」

在布萊肯斯特爾夫人抬起胳膊的瞬間，福爾摩斯看到她的前臂上有一塊紅腫的傷痕，他驚訝地詢問她這是怎麼回事。

她急忙用衣服蓋住，連聲說：「沒什麼。」並說這和案件無關。

福爾摩斯又找到女僕梯芮薩．瑞特，請她說說她看到的情況。

「案子發生的時候，我正坐在臥室的窗前，看到有三個人影在大門口，但當時也沒當一回事兒。」這個削瘦的女僕說，「後來聽到夫人的呼喊，我立即跑下樓去，映入眼簾的就是爵士被打倒在地板上，血和腦漿濺了一地。夫人被捆綁在椅子上，衣服上也有很多血跡。」

女僕說完後，就說夫人需要休息，然後把手搭在女主人的肩上，兩人就一同走向女主人的房間。

◇

我們來到格蘭其莊園的餐廳，看到餐廳的景象一下子愣住了。餐廳又高又大、富麗堂皇，天花板上刻滿花紋，牆壁上也鑲嵌著一排排鹿頭和古代的武器，餐廳門的對面就是那扇高大的窗戶。我們還注意到壁爐的旁邊有把橡木椅子，椅子上的繩結還在，顯然是在釋放女主人的時候，繩子解開了，但是打的結留了下來。

我們立即注意到地上躺著的屍體，只見他高高的個子，面容發黑，身穿華麗的繡花睡衣，光腳，兩手握拳放在頭前，兩手旁邊橫放著一根短粗的黑刺李木棍。

他的旁邊還放著一根很粗的通條，因為猛烈的撞擊，通條已經折彎。福爾摩斯看了看通條及滿屋的血跡，推斷這個阮達爾力氣必定很大！

「確實是這樣，我查了一些他的資料，證實他是個粗暴的傢伙。」霍普金說，「我們正在懸賞緝拿他們，每個港口都佈置了人，抓住他們應該不是什麼問題，他們絕對逃不掉的。」

「人們會認為，為了滅口，這夥強盜應該會把布萊肯斯特爾夫人殺死的。」我提醒他說：「他們也許沒有料到女主人昏過去後，一會兒就又甦醒了？」

「那他們為什麼不殺了布萊肯斯特爾夫人滅口呢？他們都帶走了什麼東西？」福爾摩斯問道。

「他們可能以為布萊肯斯特爾夫人暈了過去，沒想到她不久後便甦醒過來。他們帶的東西不多，只拿走了六只盤子。可能是爵士的死嚇到了他們，他們還喝了點酒。」霍普金說。

「嗯，那我們看一下酒杯。」我們看到餐具櫃上並排放著三只酒杯，每個杯子裡面都裝有酒，只有一只杯子裡面還遺留著一些殘渣。酒瓶還剩下大半瓶酒，一個長長的骯髒的軟木塞在旁邊放著。「這三只玻璃杯沒有移動過吧？」福爾摩斯問。

「沒有動過。」

福爾摩斯認真地看著瓶塞，瓶塞的樣式及酒瓶上的塵土都說明這並非一般的酒。他的眼神突然迸發出光芒，「他們是怎樣拔出瓶塞的？」

霍普金看了看，從抽屜裡拿出一把大的拔塞鑽。

「應該不是用拔塞鑽，」福爾摩斯說，「他們可能用的是小刀，你看這個軟木塞，螺旋轉了三次才拔出，而用拔塞鑽的話一下子就能拔出來的。當然，這些玻璃杯也不是偶然的，其背後肯定有更複雜的答案。」

福爾摩斯又將注意力放在了那個繩結上，他細心地觀察著被強盜扯斷的繩子。按理說，當扯斷繩子的時候廚房的鈴聲會很響的，但為什麼沒人聽到呢？

霍普金說：「這間廚房在房子的後面，它發出的聲音，沒人聽得到。那也意味著，強盜瞭解這棟房子的佈局和這裡的習慣，知道沒人能聽到鈴聲，說不定強盜和僕人都勾結好了。會是哪個僕人呢？」

「首先要懷疑的就是被扔過水瓶的那個女僕。不過這些都不重要，霍普金捉到阮達爾的時候真相就會大白了。」

福爾摩斯一轉身，「華生，咱們走吧。我們去好好做點事。」他拍了拍霍普金的肩膀，說：「我幫不了你的忙了，對你來說這個案子已經很清楚，會很快結束這個案子的，抓到兇手的時候要及時告訴我。」

在回去的路上，福爾摩斯始終在深思，時而眉頭緊蹙，又時而豁然開朗。突然在一個郊區的小站，他跳下月臺，並把我也拉下火車，「華生，我們還要返回格蘭其莊園，這個案子存在很多蹊蹺之處，我感覺完全被顛倒。女主人和女僕說的都很充分，但還有很多疑點。不過，首先要清空他們所說的，不要被他們的話影響了自己的判斷。」

再次去往格蘭其莊園的路上，福爾摩斯說：「女主人說的話很值得懷疑。這夥強盜兩週前就在西頓漢姆大鬧了一場，現在警方正在通緝他們，編一個關於他們搶劫的故事大家也都容易相信。可是他們已經搶到了一大筆錢財，應該不會這麼快就再次冒險。他們一般也都不會在十點左右行動，更不會殺人，何況他們人那麼多。還有，要是搶劫的話，能拿的東西他們都會拿走，不會只拿六個盤子。最後強盜們喝酒也都是喝光，不可能會剩下大半瓶。華生，你覺得呢？」

「我也覺得很蹊蹺，更奇怪的是他們怎麼會把女主人綁在椅子上。」

「嗯，我也沒有完全弄清楚。他們要嘛殺了她，要嘛把她挪到一個看不見他們的地方。還有酒杯，三個酒杯只有一個杯子有殘渣，把殘渣倒進去並不可能，因為瓶子還有大半瓶酒。很有可能只用了兩個酒杯，再把兩個杯子的渣滓倒進第三個杯子，造成三個人用杯子的假像。總之女主人的話不全是事實，她們向我們撒了謊，是的，她們一定在掩護什麼。」

◈

到了格蘭其莊園，福爾摩斯認真仔細地檢查了餐廳，窗戶、窗簾、地毯、椅子、繩子，他逐個細細地看過，還爬到了壁爐架上，仰著頭看那根僅剩下幾英寸的紅色繩頭。當他跪在牆上一個木托座上的時候，和那根斷了的繩子只有幾英寸遠。之後，他臉上露出滿足的表情，「華生，案子有結果了，這可是非常特殊的一個案件。」

我們又去見了女主人和女僕，布萊肯斯特爾夫人狀態好了些，依然靠在那張睡椅上，女僕在用醋給她熱敷眼睛。女主人的情緒還是很激動，她希望福爾摩斯不要再讓她重複那段故事。福爾摩斯告訴她，我們知道她的痛苦，也不願對她造成傷害。如果女主人願意相信我們的話，我們會幫助她的。

布萊肯斯特爾夫人突然坐起來，「福爾摩斯先生，你想做什麼？」

「把真相告訴我。」

女主人和女僕都怒視著福爾摩斯，她們臉色蒼白。

「真相是掩蓋不了的，你們應該知道我的名聲，我可以保證，你們的故事是編造的！」

過了一會兒，女主人臉上的猶豫不決消失了，她堅定地說：「我知道的已經全說了。」

福爾摩斯聳了聳肩，拿起他的帽子說：「很抱歉。」我們便離開了。

福爾摩斯走向庭院中的一個水池，水池上面有一隻天鵝，為了養活這隻天鵝，冰凍著的水池打穿了一個小洞。他注視了一會兒，然後走到大門。他寫了一封信給霍普金。福爾摩斯說：「華生，我們要到阿得雷德——南安普敦航線的海運公司辦公室去。」

「你知道誰是罪犯了？」

「夥計，罪犯只有一個，而且他能一下子打彎通條，證明他身體非常健壯。他大概身高在六英尺三英寸左右，身手很靈活，頭腦還很聰明。不過他還是在鈴繩上留下了破綻，呵。」

「怎麼了？」

「老兄，你想，通常你想把鈴繩拉下來，繩子如果斷了也是在與鐵絲相接的地方斷。但是這條繩子為什麼在離鐵絲三英寸的地方就斷了呢？」

「磨損了吧。」

「是的，我在檢查的時候也發現了這一點。罪犯非常狡猾，繩子的一頭被他故意用刀子磨損了，另一頭卻沒有，而且從一般的角度你根本就注意不到這一點，如果在壁爐架上看，就可以看到繩子的另一頭一點磨損的痕跡都沒有。肯定是那個人需要繩子，可是擔心鈴響發出警報，所以他跳上壁爐架，一條腿跪在托座上，然後拿出小刀切斷了繩子。我剛才試過了，我的高度夠不到那個地方，至少差三英寸，所以我覺得那個人至少有六英尺三英寸。而且你看這是什麼？」

「血？」

「我還發現橡木椅子上有血的痕跡，強盜行兇的時候，如果女主人坐在椅子上，肯定是不會有血跡的，一定是她丈夫死後她才坐上去的。那件黑色的衣服上肯定也有這樣的痕跡。華生，我覺得女主人一定說了謊。我還要和女僕聊幾句。」

梯芮薩一直都保持著冷酷嚴肅的表情，基本上一言不發，態度還很粗暴。在福爾摩斯多次詢問下，她才敘述了自己所知道的事情，言語之中還透露出對男主人的仇恨。

「先生，是的，我非常厭惡他，他總是虐待夫人。剛才你看到夫人手臂上的傷痕，那就是他用別針扎的。雖然夫人不說，但我知道她很痛苦。那天他又在罵夫人，我實在忍不了，說如果夫人的兄弟在這裡他肯定不敢罵，他就向我扔水瓶，如果不是夫人阻攔的話，他估計還要扔十幾個。他真的是個惡魔，但是在我們剛遇見他的時候，明明不是這樣的。那時的他態度溫和、溫文儒雅，非常紳士，對夫人也非常好。等夫人和他結婚之後，就完全變了一個人。」

待問過女僕之後，我們匆匆趕到阿得雷德——南安普敦航線的海運公司的辦公室。在這裡，福爾摩斯瞭解到在一八九五年六月只有一艘「直布羅陀磐石」號船到了英國港口。在查閱當年的旅客名單時，福爾摩斯發現了女主人和女僕的名字。這條船現在正要開往南澳大利亞，與一八九五年相比，這艘船有個變化，即當年的大副傑克·克洛克已被任命為船長。福爾摩斯又瞭解了克洛克船長的品行，辦公室經理對他讚歎有加，說他不僅人品好，而且忠誠熱心，雖然偶爾有些粗野冒失，但他的工作還是做得非常好。福爾摩斯對經理的接待表示感謝，隨後我們就乘車去了蘇格蘭場，他又到查林十字街拍了一份電報，我們就回到貝克街。

福爾摩斯說：「華生，我們要瞭解更多的情況，然後再行動。但是我們可能要哄騙一下法律了。」

傍晚的時候，霍普金過來了，他的臉色灰暗。想到福爾摩斯留給他的短箋，看來他的事情辦得不是很順利。

「福爾摩斯先生，你怎麼知道水池下面有銀器呢？你真是個魔術師。」

「我不知道啊。」

「那你為什麼讓我幫你檢查水池？」

「哦，現在事情更難辦了。他們不需要銀器而偷了銀器，肯定是為了製造騙局。但是為什麼要藏在那裡？」

「一定是他們怕被別人看到，所以把銀器放在水池裡，等沒有人的時候再來取回。這個解釋沒錯吧。」霍普金高聲說道，「但是，福爾摩斯先生，我遇到了挫折。阮達爾一夥強盜今天上午就在紐約被捕。」

「是嗎，霍普金？那就和你說的他們昨天在肯特郡殺人不一致了。」

「是的，不過除了他們，或許還有一夥新強盜。福爾摩斯先生，我一定要把這個案子弄清楚，你再給我一些啟發吧。」

「我告訴你了，就是我剛才提到的騙局。當然這只是我的想法，你考慮一下，如果有什麼進展，麻煩你告訴我。」

◈

晚飯過後，福爾摩斯點上菸斗，穿上拖鞋，靠著壁爐坐下，壁爐的火燃燒得很旺，他就把腳放在壁爐的附近，看了看錶，又談起這個案子。

「華生，你是不是也覺得我對霍普金的態度很不好。」

「我相信你。」

「哈哈，華生。案子又有了新情況，我和霍普金不同，他屬於官方的，必須把他知道的都報告出去，而我是根據自己的瞭解做出判斷，我有權保留自己知道的情況，直到案子有了結果。」

「那什麼時候有結果呢？」

「很快！」

不一會兒，就有一個年輕男子走進門。他個子很高、深藍色眼睛、金黃色鬍鬚、皮膚發著亮光，步伐敏捷、身體健壯。他隨手關上門，兩手緊握拳頭，站在門口。

「你好，克洛克船長，請坐。」

克洛克船長疑惑地看著我們，他說：「你們都知道了。我已無法逃脫，你們準備怎麼處置我？」

福爾摩斯給他一支雪茄，「別緊張，如果我們把你當成罪犯，就不和你這麼談了。老老實實地跟我們說說昨天晚上格蘭其莊園發生的事情，別耍花招。」

克洛克船長深思了一會兒，用力拍了一下大腿，「好的，我告訴你們，但有一點一定要說清楚，你們怎麼處置我都可以，但涉及瑪麗·弗萊澤夫人的話，一定要放過她，我願意用我的生命來保全她。」

「你們應該已經知道，我和瑪麗·弗萊澤小姐是在『直布羅陀磐石』號上相遇的。從看到她的第一眼起，我就深深愛上了她。她對我像平常人一樣，我並不介意。第二次航海回來的時候，我聽說她已經結了婚。我並沒有生氣，還祝福她嫁給了一個愛她的人。然而有一天，我在鄉村的小道上遇到了她的女僕梯芮薩，女僕告訴我她並不幸福，經常受丈夫虐待。梯芮薩非常痛恨她的男主人，她愛瑪麗，不希望瑪麗受到傷害，她還告訴我瑪麗經常在她的小屋看書到很晚，並且還把他們的生活習慣也告訴了我。在她的幫助下，我後來見到了瑪麗小姐。」

「很快，我將再次出海。在出海前，我決定再見她一面。就在昨天晚上，我輕輕敲開窗戶，她不肯讓我在外面受凍，我就順著大窗戶走進餐廳。當我們正在聊天的時候，那個人像瘋子一樣向我們衝過來，手裡拿著一條棍子，狠狠地朝瑪麗打去。我趕快跳過去抓住通條，和他搏鬥起來。如果他不死，瑪麗肯定會被打死的，我就殺死了他。

「在他打瑪麗的時候，瑪麗嚇得尖叫了起來，女僕應聲從樓上走下來。看到餐具櫃上有一瓶酒，我打開讓瑪麗喝了一口，自己也喝了一口。女僕很冷靜地告訴我們要把房間設置成強盜殺人的樣子，還把瑪麗綁在椅子上，並且把繩子弄成磨損的樣子，另外還拿走一些銀器，又把銀器扔在水池裡，之後就報了警。先生，這是我一生中做過最大的好事，我要好好保護瑪麗小姐。我知道，福爾摩斯先生，這麼做我是要償命的。」

福爾摩斯抽著菸，沒說話。過了一會兒，他走向客人，握著他的手，說：「我知道你說的都是真實的。據我推測也只有雜技演員和水手能從牆上的托座上構到鈴繩，也只有水手會打那樣的結。而且瑪麗肯如此袒護你，也說明她很愛你。現在給你個機會，你可以在二十四小時之內逃跑。」

「這樣可以嗎？」

「應該不會有事的。」

克洛克船長著急了，「不行，我還略懂一些法律。如果我逃跑的話，瑪麗就會被當做同謀接受審判，我不能讓她承擔後果。不，福爾摩斯先生，你們怎麼處置我都可以，但求你們不要讓瑪麗受審判，可以嗎？」

「克洛克船長，你又承受住了一次考驗。」福爾摩斯向他伸出手去，「但是我要承擔一些責任，我已經啟發過霍普金，如果他找不到真相，我也就不再介入。當然，我們還是要以法律的形式做一些了結。現在，克洛克船長是嫌疑犯，華生是陪審員，我是法官。那麼陪審員先生，我們已經聽取了證詞，你認為這犯人有罪還是無罪呢？」

「無罪，法官大人。」我說。

克洛克船長離開了，福爾摩斯希望他一年之後可以回到瑪麗小姐身邊。

Sherlock
Holmes
神探
福爾摩斯 II

case 09

布魯斯—帕廷頓計畫

鐵軌旁躺著海軍部機要室一位職員的屍體，他頭骨碎裂，身上有兩張戲票，一本銀行支票，一些零錢和一些政府的機密檔案—布魯斯：帕廷頓計畫。

死者應是被人從行駛的火車上推下來的，但在他身上卻找不到車票，旁邊也未發現應有的大灘血跡。

我和福爾摩斯正百無聊賴地待在他的臥室裡，最近沒有什麼重要的案子，我的朋友總是顯得無精打采。當女傭把一份電報送到樓上，福爾摩斯看過之後立刻變得精神起來。我知道，又有新案子了。

我打開電報看了一下內容：「卡多甘．韋斯特一案需要你的幫忙，具體情況面談，下午兩點樓下咖啡館見。」簽名的是邁克羅夫特。

說起邁克羅夫特這個人，我並不感覺陌生，之前聽說過這個名字。他為英國政府工作，思維邏輯性很強且辦事有條理，記憶力也非常好，在英國政府部門算得上是一位重量級人物。這樣一位人物來找福爾摩斯，必定是出了什麼大事。

下午兩點，我們如約在樓下咖啡館見面。我們從他口中瞭解到事情的大概。事情是關於一個叫亞瑟．卡多甘．韋斯特的人，此人現年二十七歲，還沒有結婚，是烏爾威奇兵工廠的一名普通員工。星期一晚上，他和未婚妻維奧蕾特．韋斯特伯莉小姐見了一面，之後就在當晚七點半的時候突然丟下她，獨自消失在濃濃的霧色之中。未婚妻在原地一直等著，許久不見他回來，便獨自回去。

第二天早上有人到她家詢問。當天中午，她才聽到駭人的消息。卡多甘．韋斯特的屍體被一個叫梅森的鐵路工人發現，地點位於倫敦地下鐵道的阿爾蓋特站外。更令人感到恐慌的是，在這個普通小職員的口袋裡發現了國家祕密檔：布魯斯帕廷頓潛水艇計畫。

聽到這裡，福爾摩斯一下子站了起來，他神情緊張，抽著菸的手停在嘴邊。

我們對於布魯斯帕廷頓潛水艇計畫早已有所耳聞，它屬於國家的軍事機密。至此，事情沒有一點進展，國家安全局也感到束手無策。我的朋友福爾摩斯認為有必要到事發地所在的車站瞭解一下具體情況。蘇格蘭場的警官雷斯垂德也一同前往。

◈

一個小時之後，我們趕到事發現場的地下鐵路地區，那是一條穿過隧道和阿爾蓋特車站相交的鐵路。

雷斯垂德介紹了一些重要情況。那個死去的青年沒有遭到搶劫，現場也沒有打鬥的痕跡。他身上的物品除了錢包裡的三磅之外，另有一本首都州郡銀行烏爾威奇分行的支票，以及烏爾威奇劇院的兩張特座戲票，日期是事發當天晚上，還有一綑技術檔案。

屍體近處經過的火車既有來自市區的車站，也有來自威爾斯登和附近的車站。它們無一例外的都是由西往東開行的列車。那麼，這個遇難的青年當夜一定是乘著這列火車去往東邊。至於他上下車的地點，我們無從得知，因他身上並沒有車票。難以得知他是從火車上摔下去的，還是被別人拋屍體下去的。因為屍檢結果是骨頭摔碎，外傷不重，而屍體被發現的地方沒有什麼血跡，這一點似乎就有些站不住腳。

據政府方面介紹，這些機密圖紙存放在一個和兵工廠相鄰不遠的辦公室裡，由三人共同保管，並且嚴密地存放在保險櫃當中。無論辦公室還是保險櫃都佈置得極為嚴密，沒有人能夠輕易將計畫帶出去，即便是最高海軍的總工程師要查閱，也要例行手續，經過層層審查，也必須親自到烏爾威奇辦公室去。然而，這一重要的檔案卻被發現在市中心地區，在一個已死的小職員口袋裡。這不得不令官方懼怕。更嚴重的是，這份檔案總共有十份，而只在這個青年口袋裡發現了七份，最重要的那三份卻不知去向。

福爾摩斯問雷斯垂德有關這項計畫的保管情況。

雷斯垂德說：「我給你寫下了幾個管理這些祕密檔案的相關人員情況，這也許對偵破案件能有所幫助。看，就是這三個人。」

他寫的第一個人是政府官員，同時也是核潛艇研究方面的著名專家詹姆斯・瓦爾特爵士。他是一位紳士，在倫敦上流社會裡很受人歡迎，頗具影響力。至今為止，他獲得過多項榮譽，那些榮譽和頭銜在名人錄裡足足佔了兩行。在目前的崗位上，他已經工作了三十多年，算得上是經驗豐富。

此外，從雷斯垂德的介紹中還看出，詹姆斯先生是一位愛國人士，這點毋庸置疑。同時他是保險櫃鑰匙的掌管者之一，剛好事發那天是星期一，文件就保存在他工作的辦公室裡。他在那天的下午三點左右已經離開，坐車前往倫敦辦事，鑰匙就帶在身邊，而且當晚他都在巴克萊廣場的辛克萊海軍上將家裡。

「關於這一點能得到證實嗎？」

「已經證實。他的弟弟法倫廷・瓦爾特上校向我們證明瞭詹姆斯先生確實離開了烏爾威奇，之後一直在辛克萊海軍上將位於倫敦的家裡。那麼，詹姆斯爵士顯然已經被排除作案嫌疑。」

雷斯垂德所列出的第二個人是祕密檔案辦公室的悉得尼・詹森先生。這位正科繪圖員平時沉默寡言，做事沉穩有度，今年四十歲，是五個孩子的父親。儘管和同事們交往不多，但大家對他都沒有什麼不好的評價，工作方面也是相當盡責、努力。據調查，星期一下班後，他哪兒也沒去，徑自回到家裡陪妻子和小孩，保險櫃的鑰匙一直掛在他的鑰匙扣上，完好無恙。他的妻子證實了這一點。

第三個人就是死去的青年卡多甘・韋斯特。

他在這個地方工作有十年，性格開朗，愛開玩笑，但是經常會為一些小事而發火，有著年輕人特有的衝動，但是他的忠厚仗義為他贏得了不錯的人緣。他的工作性質使他每天有機會去接觸各種計畫。

除了以上提到的這三個人之外，再也沒有人掌管這些計畫。只有這三個人與這計畫有直接的關係。

「事發當晚計畫是由誰鎖存的？」

「是正科繪圖員悉得尼．詹森先生。」雷斯垂德答道。

那麼，這個案子一定跟內部人員有關。計畫是由正科員鎖上保存的，而最後在死去的副科員卡多甘．韋斯特身上發現，看似是很明顯的結果，但我們對現場的情況仍不夠瞭解，也許事實的真相被重重迷霧掩蓋。

沉默了一會兒，福爾摩斯說：「華生，假如真的是卡多甘．韋斯特幹的，那麼首先，他把計畫拿出去的動機是什麼？」

「可能是為了錢。」

「那他很容易就能賺到一大筆了，可是他身上只發現了三英鎊。」

「可是他除了拿去賣錢之外，似乎也找不到其他目的。」

「是啊，我也說不出來，」福爾摩斯說，「不過，我們可以設想出他經過倫敦橋時可能發生的各種情形，比如，他在同車廂裡與某人的祕密會見過程中，兩人發生了爭執，於是動起手來，最終他被對方殺死，扔到車外。」

「還有一種可能是，他想從車廂跳出去逃跑，但一不小心摔在鐵路上。年輕的韋斯特身上帶著機密檔，我們可以把這一點看做是作案的前提，我們就假設他是嫌犯，他的目的就是竊取圖紙賣給什麼人。但是這一切好像不是他有意計畫的，更像是巧合，因為他身上還有兩張當天晚上的歌劇票。我想有必要見一下他的未婚妻維奧蕾特．韋斯特伯莉小姐。」

◈

當晚，我們趕往死者家裡。他的母親和未婚妻都住在那座被花草包圍的小巧房子裡，環境很好。他的母親悲痛不已，神情也變得恍惚。我們轉而把注意力投向了她身旁站著的面色蒼白的年輕女人，死者的未婚妻維奧蕾特．韋斯特伯莉小姐。在未婚夫遇難的那天晚上，她是最後一個見過他的人。

「福爾摩斯先生，我實在不知道該說什麼。」她說，「自從發生了這件事，我夜夜失眠，我一直都想不明白究竟是怎麼回事。他是單純正直的人，我相信他不可能出賣國家機密。他一直都跟我說他所做的工作是一份神聖而莊嚴的職業。

您可以問問他周邊的人，要真是他做的，那簡直就太荒謬，太反常了。不，絕對不可能。」

「那麼韋斯特伯莉小姐，事實呢？」

「哦，天哪，我承認我無法解釋，但你問什麼我都會如實回答。」

「那好，」我的朋友說，「告訴我，結婚的事你們缺錢嗎？」

「根本不缺，你知道他的薪水很高，我們也早有積蓄，結婚根本不缺錢。況且他也不是一個愛財的人，我們沒有過高的物質需求。」

「那他在精神方面有過什麼刺激，發現過什麼異常嗎？不妨直說，韋斯特伯莉小姐。」

福爾摩斯敏銳的眼睛注意到了她臉上稍縱即逝的不安與猶豫，她的態度確實發生了變化，這一點不難察覺。

「是的，」她終於說了出來，「最近，我感覺他心不在焉的，好像有什麼事。」

「持續這樣有多久了？」

「沒有多久，大概一個星期。他和以前有些不一樣，變得不太愛說話了，有些憂鬱。在我的再三追問下，他只跟我說起是工作上的一些煩心事。我再繼續問下去，他就不說了，以那是祕密為由阻止我繼續盤問。」

福爾摩斯臉上的表情發生了變化，事情可能會朝著不利於韋斯特的方向發展。但現在也不知道會有什麼樣的結果。他讓維奧蕾特．韋斯特伯莉小姐繼續往下說，不必顧慮太多。

「別的就沒有什麼了，只不過我記得他提起過，關於祕密檔案很值錢這個問題，而且他還說外國間諜能出高價。有一兩次他好像都要告訴我什麼，但卻都欲言又止。」

福爾摩斯的表情變得更加嚴肅。「還有什麼嗎？」他問。

「沒有了。」

「你剛才提到的他所說的這些話，都是最近一段時間內說的嗎？」

「是的，沒錯。」

「那好吧，說說你最後見到他的那個晚上發生的事吧。」

「那晚我們本來準備去劇院看歌劇，但是由於濃霧，馬車沒法坐，想到反正不太遠，我們就改用步行。但是走到臨近辦公室的那條路上，他突然告訴我他有點事，於是就消失在茫茫大霧中不見蹤影。」

「沒再說其他的什麼嗎？」

「他只是驚叫了一聲，就再也沒回來，就是這些。我等待著，總不見他來，後來我就回家了。十二點左右我聽到可怕的消息。啊，福爾摩斯先生，我敢肯定當時他一定是看見了什麼，雖然那一刻我沒意識到，但現在回想起來應該是這樣。」

福爾摩斯點點頭。

◈

第二天早上，據車站管理部門反映，一位旅客報告說星期一事發當晚他乘十一點四十分的普通地鐵列車經過阿爾蓋特車站，在列車快到站的時候聽見了咚的一聲。一開始他以為是什麼東西掉了下去，但是霧太大，他什麼也沒看到，但知道出事之後再回憶起來，覺得當時掉在地上的可能是人而不是一包什麼東西。

聽到這些，我看見我朋友的眼睛裡閃爍著光芒，像一隻野獸般盯著鐵路的軌道。他出現這種樣子已經不是一次、兩次，所以我知道他一定又是有了什麼想法。事發地點阿爾蓋特因為是一個樞紐站，幾乎形成了一個路閘網。

「啊！」福爾摩斯大叫一聲，「我想到了，一定是路閘。」

我完全被他搞糊塗了，路閘有什麼關係呢。

他抓住我的袖子說：「別的路線上見過這麼多路閘嗎？」

「沒有。」我說。

「這就對了，我有了一個想法，但如果僅此而已就好了，可是這件案子太奇特了，每發現一個線索就會使案情更加撲朔迷離。」他全然不顧我的好奇，自言自語著。

「你找到什麼線索了？」

「說是線索也不好確定，太奇怪了，太奇怪了，路上一點血跡都沒有，第一現場一定不在這裡。」他接著說，「華生，我們能做的就是這些了，這裡已經不能再發現什麼了。謝謝你，雷斯垂德先生。有事的話我會再聯繫你，我想現在有必要去一趟烏爾威奇。」

在去烏爾威奇的路上，福爾摩斯對我說：「雖然我不太清楚結局是什麼，但我的想法可能帶領我們更向前一步，那就是屍體是被人放在車頂上的。」

「什麼，放在車頂上！」

福爾摩斯看我如此吃驚，就把他所推斷的給我講述了一番。他說，他發現出事的鐵路附近有很多路閘，而別的車站幾乎沒有，列車經過路閘的地方一定會顛簸，而且結合那位乘客所說的情形，有個東西咚的一聲掉了下來，很有可能就是屍體。然而經過我們查看，鐵軌旁邊沒有血跡，因此，可以推斷出第一現場在別處。

他想到出事的辦公室看看，我也一同前往。

◈

迎接我們的就是悉得尼·詹森先生，他長得很瘦，身材矮小，架著一副度數很深的近視眼鏡，當他看完我朋友的名片後，態度出奇的殷勤。但是看得出來，最近他睡眠不太好，面容顯得有幾分憔悴，兩隻手竟然還有些顫抖。

他向我們訴苦，最近他們這地方亂糟糟的，出了這麼大的事人心惶惶，他還說文件被盜，他們每一個人都要擔責任，都將受到處罰。更糟的是一連死了兩個人，先是卡多甘·韋斯特，而後他們的主管詹姆斯爵士也死了。

聽到詹姆斯爵士死去的消息我們很吃驚，忙問：「怎麼死的？」

他回答說：「自殺。」

詹姆斯爵士就是我們之前提到的保管祕密檔的三個人中的一人，他德高望重，而且是核潛艇研究方面的著名專家。

福爾摩斯儘量使自己平靜下來，繼續問道：「星期一那天辦公室是幾點關的門？」

「五點。」

「是你關的嗎？」

「對，我總是最後一個走。」

「計畫是放在什麼地方的？」

「保險櫃裡。」

「要打開保險櫃要經過幾道門？」

「要用三把鑰匙才能打開。外屋一把，辦公室一把，保險櫃一把。」

「都誰有這些鑰匙呢？」

「詹姆斯．瓦爾特爵士有這三把鑰匙。而我沒有門的鑰匙，只有保險櫃的，其他員工只有門的鑰匙。」

「那麼說，只有詹姆斯爵士同時有這三把鑰匙了。他平時工作有條理嗎？」

「我想是的。他每次都是很小心地隨身攜帶這三把鑰匙，他把它們一起拴在一個鑰匙扣上。」

「好吧，我知道了。現在請你允許我在這屋子裡轉轉，可以嗎？」

「當然可以。」悉得尼．詹森使勁地點著頭。

我的朋友在屋子裡前前後後仔細地檢查了保險櫃、窗戶還有門等一切有可能出錯的地方，就連窗戶上的鐵製窗葉都檢查了一番，結果一無所獲。隨後，我跟著他來到窗外的草地上，這才發現了事情的端倪。原來窗外的草地上種著幾棵小樹，但細心的福爾摩斯發現樹枝有被折過的痕跡，他模仿了一下折樹枝的動作，而後發現，把那幾條樹枝折斷就能透過百葉窗看清室內的情形。這真算得上一次重大發現。剛才悉得尼．詹森先生提到主管詹姆斯．爾特爵士死了，這對於我們來說也是一個重大線索，於是我們決定去這位官員的府邸拜訪一下。

來到這位高官的住處時，持續幾天的大霧已經完全散去了，這幢別墅在陽光下顯得很漂亮，綠茵茵的一片草地延伸到泰晤士河岸。我們按下了門鈴，不多久，便有一個管事出來為我們開門。

「我們來找詹姆斯爵士。」

「哦，你們還不知道吧。」他臉上露出嚴肅的神情，「詹姆斯爵士已經去世了。」

「天哪！」福爾摩斯假裝驚呼起來。

「如果您願意，您可以見見他的弟弟法倫廷上校，可以嗎？」

「好吧，見見吧。」

◇

管家把我們帶到了一間稍小一點的客廳，我們見到了那位去世的科學家的弟弟。他個子很高，五十來歲，蓬亂的頭髮和鬍子仍然掩蓋不住他英俊的外表，顯然這家人因為家人的離世而大受打擊。

當這位先生談起這件事的時候，聲調依然顫抖：「我哥哥是一個要面子，要尊嚴的人，他管理的部門出了這麼大的事，他很內疚，也很傷心，最終他受不了這份打擊，自己……」他哽咽著，幾乎說不下去了，緩和了好一會兒，才說：「我什麼也不知道，目前我的家人仍沉浸在悲痛中，所以請你們儘快結束這次訪問。」

於是，我們也不再多說什麼，就上了我們的馬車準備回去。坐在馬車上，我的朋友說，不知道他的自殺是因為失職的自我譴責還是另有隱情。

回到福爾摩斯的住處後，他重重地坐在沙發裡，對我說：「我想不起在我們兩人共同進行的偵查中，還有什麼比這更棘手的案子。每走一步都會遇見阻礙，還好現在看來應該還是有進展的。來吧，朋友，我們來分析一下。」

「在烏爾威奇的調查中，很多結果都是不利於卡多甘．韋斯特的，但是窗下被折斷的樹枝向我們透露了一種可能。也就是說很有可能有人打這些祕密檔案的主意，也許那個人是國外的特務，我們暫且這樣假設。這樣便可以解釋韋斯特和他未婚妻所說的那些話了。有可能他和那些特務接觸過，他們不讓他把這事說出去，給他施加壓力，韋斯特因此在內心裡有了包袱。他對未婚妻說的話正好可以表明這點。我們也就可以解釋他為什麼會把一個女子獨自留在路上，自己衝進濃霧中了。當時正好是在辦公室附近，他一定是看到有人去偷辦公室裡的檔案，別忘了他是一個衝動的人，我們瞭解過這一點，他不顧一切地打算去捉賊。」

「接下來呢？」

「接下來就是我解釋不通的地方了，要是韋斯特去抓賊的話，他一定會喊出來，讓周圍人也知道，幫著一起捉賊，但他沒有這麼做。除非那個人他認識，所以他一直追隨著那個人來到了倫敦，最終，當他要制止那個人的時候慘遭殺害。我想，事情從這頭已經進行不下去了，我們得從相反的方向入手。我現在就寫電報給邁克羅夫特，讓他把在國內的特務的名單給我，我相信這樣能讓事情更快地水落石出。」

一天之後，我們收到一封特急電報，福爾摩斯隨手便扔給我。我明白他的意思是讓我讀給他聽。

無名小卒太多，於是我挑了幾個值得一提的讀給他聽：「阿道爾夫・梅耶，住威斯敏斯特，喬治大街十三號；路易士．拉羅塞，住諾丁希爾，坎普敦大廈；雨果．奧伯斯坦，住肯辛頓，考菲爾德花園十三號。」隨名單一起來的還有邁克羅夫特的一句話：「聞已獲頭緒內閣甚是欣悅，盼早日收到你的最後報告。如有需要，全國員警都可支援。」

福爾摩斯聽到這句之後笑了，說：「找不到頭緒，全世界的員警也無計可施。」他把倫敦地圖攤開鋪在桌上，急切地俯身查看起來，整整一個上午，我看見他抽了二十幾支香菸，時而眉頭緊縮，時而凝視遠方。突然，他猛地拍了一下我的肩膀，我看見他笑著對我說：「我馬上要出去偵察一番，有些事我一個人去更好，我的好搭檔，你在這裡等我一兩個小時，我不會去幹危險的事情，你放心，但萬一我耽擱了，你就拿出紙筆寫我們拯救國家的光榮事蹟好了。」

聽著他這樣說，我還是很擔心，我焦急地在這個黃昏等待著他的消息，兩個小時的時間過得好漫長。終於在九點剛過的時候，我收到了信差送來的一封特急信件：

「請攜帶鐵鍬、提燈、鑿刀、手槍等物速來肯辛頓，格勞塞斯特路，哥爾多尼飯店。你的朋友福爾摩斯。」

沒有多想，我就按照他所說的，把這些東西謹慎地裹在大衣內通過街道，驅車直奔約會地點。在那家豪華的義大利飯店裡，我見到了我的朋友。

「你來了就好。你已經知道我曾假設這個青年的屍體是從車頂掉下來的了，但現在經過一番偵察，這幾乎就是事實，卡多甘·韋斯特的屍體是被人放上車頂的。」

「是怎麼被放到那兒的呢？」

「我們要搞清楚的就是這個問題，找到這個問題的答案就能破案。如果我沒記錯的話，曾經我坐地鐵，在西區有幾處是沒有隧道的，經過的時候我可以透過地鐵看到外面的窗戶，地鐵的車頂正好經過窗戶的下面。那麼你想想，把一個人從地鐵附近的窗戶扔到車頂上應該不成問題吧？」

「是啊，應該不是問題。」我說。

「我已經鎖定了目標，就是住在考菲爾德花園十三號的雨果·奧伯斯坦先生。根據名單記載，他就住在離地鐵很近的房子裡，除了他之外再沒有別的特務住在類似的地方，我認為他作案的可能性最大。我一個人考察的時候，格勞塞斯特路車站的一名工作人員帶著我在那附近轉了轉，我們沿著鐵軌一直走，最後我發現考菲爾德花園的後樓窗戶是向著鐵路開的，加之那裡是鐵路骨幹的交叉點，通常列車到了那裡都會停下幾分鐘，這為他作案提供了更加充分的時間。」

福爾摩斯告訴我，他順便把考菲爾德花園前前後後都看了一遍，發現那個傢伙已經不在這裡了。這棟住宅很大，但裡面傢俱不多，可以想見他並不是長期居住在此，經過瞭解我們知道奧伯斯坦不是一個人住在這裡，和他在一起的還有他的一個同夥。現在，他還不知道我們已經盯上了他，也不會想到有人不用搜查證，準備悄悄地溜進去，雖然這並不光彩，但的確是情況所需。我同意福爾摩斯的觀點，要想幫助政府解決這個難題，要想把案子查清楚，就一定要使用一些非常手段。我們現在不必打草驚蛇，因為這傢伙應該是到歐洲大陸交易去了，過一段時間就會回來，到時候再動手也不遲。

當我們從考菲爾德花園的地下室門道經過，福爾摩斯一見到地下室的門就馬上拿出我們攜帶的工具開始撬起來，不一會兒，地下室的門就被他撬開了。我們趕緊跳進黑黑的通道，關上了地下室的門。福爾摩斯在前面引路，我緊隨其後，我跟著他東拐西拐的，一直拿著我們那盞小黃燈朝盡頭那個低矮的房子走去。

「好，找到了。」福爾摩斯猛地打開那扇窗子，一陣火車的隆隆聲鑽入我們的耳朵，我看到一列火車從我面前飛馳而過，我站在窗戶前面正好看見火車的車頂。福爾摩斯拿著燈朝窗臺照去，我看見窗臺上積滿了灰塵，而很顯然有幾處的灰塵已經被抹去。

福爾摩斯帶著我看了看窗臺，天哪，我看到了斑斑血跡，窗戶框上有一片，樓梯上也有一片。看來，這裡就是第一案發現場。於是，我們剩下的工作就是等待著下一趟列車從這裡經過了。沒過多久，一趟列車從遠處駛來，停在我們面前。車廂離窗臺很近，伸手就能觸到。

到目前為止，我們已經很清楚地發現這一重大案情，福爾摩斯一邊比劃，一邊向我解釋，從這個窗戶，我們發現確實可以把屍體從這裡放到車頂上，而且車還會停留一段時間，正好給作案留下時間。我們下一步的工作就是在這間屋子裡繼續尋找一些對我們有益的東西。

◈

我們從地下室出來，把整棟房子的房間搜尋一遍，並沒有發現任何值得注意的東西，我們幾乎快要洩氣了，決定歇一歇再工作。過了一會兒，我們決定再最後一次有系統地檢查一遍，直到檢查最後一間房子之前我們都沒有任何收穫。最後一間是廚房，我們走進這間廚房，發現了很多報紙，顯然是當成書房使用的。我們抱著最後一絲希望把這間屋子檢查了一番，福爾摩斯一個抽屜一個抽屜地檢查，臉上露出了緊張的神色，每當看見這種表情，我就知道他還沒看到希望。又過了一個小時，仍舊沒有任何希望。

突然，他發現了一個盒子，打開盒子看見了幾份報紙，是《每日電訊報》，每一份報紙的右上角都印著尋人廣告，按時間順序是這樣的：

「希望儘快聽到消息。條件講妥。按名片地址詳告。皮羅特。」

第二則：「一言難盡，需要詳細報告。交貨時即給東西。皮羅特。」

接著是：「情況緊急。要價收回，除非合同已定。希函約，廣告為盼。皮羅特。」

最後一則：「星期一晚九時後。敲門兩聲。都是自己人。不必過於猜疑。交貨後即付硬幣。皮羅特。」

我的朋友高興得差點跳起來，要是一開始我們就從這裡著手就好辦了。接著，他又陷入了沉思，隨後對我說，我們在這兒也沒什麼可做的事了，各自回去休息吧，明天一早我們找《每日電訊報》幫幫忙，我想這個案子應該不困難了。

第二天早上，天還濛濛未全亮，我就被福爾摩斯的聲音吵醒，他急切地問我：「有沒有看《每日電訊報》的尋人廣告版面。」

「太好了，又出新情況了嗎？」我問。

「是的，你看這兒。」

我隨著他手指的地方看去，果然在尋人版面看到了這樣一行字：「今晚，同一時間、地點，敲兩下。情況緊急，事關你的安全。皮羅特。」

這是最令我們高興的消息了。我們等的就是他的回復，這樣我們便可以瞭解到他的行蹤，捉住他就不成問題了。

我和福爾摩斯按捺不住內心的喜悅，只等著今晚和蘇格蘭場的員警們在考菲爾德花園把兇手捉拿歸案，我們吃過晚飯，八點就到了那裡，一想到這件案子事關國家榮譽，我的神經就感到一陣陣的興奮，現在我們所能做的就是靜靜地等待兇手自投羅網。

我們靜靜地坐在大堂裡，每個人手中都拿著工具，由於過於緊張，我們幾乎都能聽見對方心跳的聲音。時間一分一秒地過去了，時鐘敲過了十一下，我已經變得焦急不堪，每過一兩分鐘就要看一次錶。我轉過頭去看一眼我的朋友，只見他神情自若，悠閒地閉著眼睛，一副胸有成竹的樣子。我剛要和他說話，只見他把手放在嘴邊，示意我不要說話，接著他低聲說：「他來了。」

我的每一根神經重新又振奮了起來，每一根汗毛都立了起來，外面的腳步聲由遠而近，福爾摩斯示意我們不要出聲，坐回原處，他自己則站起身來，朝門口走去，屋子裡一片漆黑，我們只能看到他的影子。外面的人小心翼翼地推開門，朝著我朋友說：「這邊來。」福爾摩斯一聲不響地跟在他身後，當這個人轉身發現弄錯了的時候，我們一擁而上，將這個傢伙撲倒在地。一陣手忙腳亂的掙扎之後，燃起了油燈，誰知出現在我們面前的竟然是一張熟悉的臉。

我們誰都沒有想到，這個人居然是潛水艇局局長、已故詹姆斯．瓦爾特爵士的弟弟瓦爾特上校。他英俊的臉龐此時露出驚慌的神色，卻默不做聲。

福爾摩斯厲聲說：「真沒有想到你這種身分的人也會做出這樣的事來，快給個交代吧，我們已經掌握了你和奧伯斯坦交往的全部證據，我勸你不要耍心機，這是我們給你的難得機會。」

「我發誓我沒殺人，我沒有！我沒有！我沒有！」這可憐又可惡的罪犯嚷道。

福爾摩斯繼續說：「告訴我你們把韋斯特的屍體放到車頂上之前，都做了些什麼？」

「好吧，我交代。那天我去我哥哥的辦公室拿那些檔案，正好被韋斯特撞見，那個倒楣的傢伙一直跟著我來到奧伯斯坦的住處，也就是這裡。我努力甩掉韋斯特，和奧伯斯坦偷偷地來到地下室，當我們正準備交易的時候，不知韋斯特從哪裡跳出來，他上來就搶我手裡的檔案，我當時驚慌失措，愣在那裡，奧伯斯坦卻是個狠角色，他用隨身攜帶的武器殺死了這個衝動的年輕人，隨後就像你所說的，他把他的屍體放在了車頂上。但是我並沒有殺人，饒恕我吧，我能做些什麼贖罪呢？」

「告訴我們那些檔案的下落，這是你唯一的機會了。」福爾摩斯繼續追問。

「奧伯斯坦把那三份文件拿去歐洲準備賣給當地的海軍。」

我和我的朋友聽到這些十分焦急，如果這些祕密檔案落到外國人的手裡，對於我們國家將是重大損失。於是，我們立刻叫員警將瓦爾特上校羈押起來，並讓他按照我們的口述內容寫一封信給奧伯斯坦。

不久，奧伯斯坦被捕入獄，在英國坐牢五十年。瓦爾特上校也被判刑，他的精神頗受刺激，不幸的是他第二年就病死在獄中。值得慶幸的是，價值珍貴的布魯斯—帕廷頓計畫最終從特務手中追了回來，我們挽回了國家的巨大損失。

case 10

顯貴的主顧

或許正是因為那位主顧太過顯赫，這次委託給福爾摩斯招惹的麻煩也相當的多：在辦過的許多疑難怪案中，這還是大偵探首次做拆散人家情侶的「勾當」，也是他首次因拆散人家情侶而遭人毆打……

一九〇〇年的三、四月份，在奧匈帝國首府維也納發生了一起命案，格魯納男爵的妻子被發現在家被人以極其殘忍的方式殺害。

關於格魯納男爵與他身後顯赫的家族背景，全歐洲可謂是無人不曉。格魯納家族是奧地利最古老的家族之一，與帝國歷代權力中心都有著緊密的聯繫。同樣無人不曉的還有格魯納男爵驚為天人的俊朗外表，殘暴、陰鬱的性情，以及他荒淫無度的糜爛生活。案發之後，所有的線索都指向了死者的丈夫。經過將近一年的調查取證與公開審理，維也納當局卻以證據不足為由赦免了男爵。

結果是，這樣的判決惹惱了奧地利的輿論，主流的貴族圈子也不再接納格魯納男爵。迫於壓力，男爵將維也納及布拉格的巨大產業託付給值得信任的管家，並變賣部分家財隻身來到英國，在倫敦遠郊購置了一座豪華的莊園。偽善的貴族圈子很快就遺忘了男爵的罪行，他的美貌與社交才能令他迅速融入了英國的上層社會。格魯納男爵在英國的生活逐漸如魚得水。

時間來到一九〇二年。這一年能夠引起輿論關注，除了帝國之間劍拔弩張的關係之外，還有三件事情吸引了公眾的注目。首先就是格魯納男爵與維奧萊特・德・梅爾維爾小姐的婚約，後者是英國著名將軍德・梅爾維爾先生的獨生女。

將軍極力反對這場婚姻，男爵比自己女兒大了將近二十歲，並且他身上那樁

不了了之的案情也讓正直的將軍耿耿於懷。緊接著，就傳出了我的朋友、大偵探夏洛克·福爾摩斯遭到襲擊，身受重傷乃至生命垂危的消息。

最後，令大家更為震驚的是，格魯納男爵俊美的臉龐被硫酸摧毀，肇事者是男爵以前的情婦，之後將軍的女兒單方面取消了婚約。

作為旁觀者，眾人紛紛慨歎著男爵的可悲下場，大家一致認為是他多年來的淫亂生活導致了自己的毀滅。這種判斷基本上是準確的，但是，只有少數的幾位當事人清楚，上述三件事情之間有著不為外界所知的隱祕關聯。我想從得知福爾摩斯受傷後的一天傍晚說起。

◈

那天，我沒有出診，而是匆匆拿著筆記本前往大英圖書館查閱有關中國瓷器的書籍。這是福爾摩斯幾分鐘之前交給我的任務，目的是為了讓我在適當的時刻去接近格魯納男爵，因為男爵是狂熱的中國瓷器愛好者，甚至曾經出版了一本研究東方瓷器藝術的專著。

一個星期前，我們接受了新的委託，而委託人要對付的正是格魯納男爵。幾天前，有一位顯赫的人士找到了福爾摩斯，委託他想辦法阻止格魯納男爵與將軍女兒的婚姻。至於是誰的委託，案件的內容又是什麼，這些問題我會在之後的講述中一一道來，先說說前幾天一個傍晚發生的事。

在我家與圖書館之間有一個書報亭，那天我走過時發現報亭前圍了很多人，他們指著當天報紙的內容議論紛紛。這是以往不曾出現的情況，我走近一看，在一張晚報的頭版發現了一個大標題：「大偵探福爾摩斯昨日受襲，傷勢嚴重，生命垂危。」我掏錢買了一份報紙，站到一邊讀了起來。

報導說，當天上午十二點左右，福爾摩斯在居所附近的咖啡館門口遭到報復性襲擊。目擊者說，襲擊者為兩個黑衣男子，他們有可能受過專門訓練，出手兇猛，直擊福爾摩斯的頭部。事發後，警方正在全力追捕行兇者。

報導還說，福爾摩斯暫時在貝克街的居所休養，他接受了著名外科大夫萊斯利．奧克肖特爵士的治療，卻拒絕前往中心醫院接受進一步治療，爵士宣稱福爾摩斯的傷勢不太樂觀，他本人已不抱太多的希望，另有知情人透露，福爾摩斯已經傷口發炎，陷入神志不清的昏迷狀態。當時我就想到，一定是格魯納男爵派來的打手襲擊了我的朋友。

當我趕到貝克街的時候，發現福爾摩斯的狀況並沒有新聞報導上所說的那樣糟糕。他的頭纏著繃帶，正坐在沙發上休息。

「沒有什麼危險，」我的朋友說，「不過是有幾處瘀青和一處稍微嚴重的裂傷，奧克肖特爵士已經將傷口縫合了，我現在需要的只是靜靜休養罷了。」

儘管福爾摩斯的情況沒有想像中那樣差，但也不是他這樣輕描淡寫就能一筆帶過。我聽出他的聲音異常沙啞、虛弱，而繃帶上令人悚然的殷紅血跡也說傷勢的嚴重。

「華生，不要擔心，目前的情況是我不得不休息幾天，傷口痊癒之後，我才能採取進一步行動，」福爾摩斯的聲音雖然很輕，但沒有絲毫的洩氣，「格魯納男爵以為他的暴力手段可以得逞，我正好可以利用這個機會讓他對我放鬆警惕。」

「所以你才透過某種方法使新聞報導誇大了你的傷勢？」

「正是這樣。奧克肖特爵士是我的朋友，我先是囑咐他不要透露我傷勢的事情，而要竭力渲染情況的危急。然後，我又派遣欣韋爾．詹森想盡辦法去宣傳我危在旦夕的消息。你看吧，今後幾天的報導會把情況越說越糟的。」

關於欣韋爾．詹森，在之前的記錄中我並沒有提及，因為我很少公佈福爾摩斯辦案的幕後詳情。他曾經是一個有影響力的惡棍，兩度被送進監獄服刑，後來他與福爾摩斯相識，並真心地改過自新，決定追隨我的朋友。於是，曾經的流氓成了福爾摩斯最得力的助手之一，欣韋爾．詹森作為我朋友在倫敦黑社會圈子中的耳目，經常能夠打探到許多有價值的線索。

當晚，在朋友洛馬克斯副管理員的幫助下，我從圖書館借來一本厚厚的書回到住處。第二天晚上，我帶著滿腦子有關中國瓷器的知識去找福爾摩斯。

「華生，我們的時間不多了，必須迅速採取行動，」福爾摩斯的表情突然凝重起來，指著我帶來的當天的晚報說：「格魯納男爵要乘坐週末的輪渡前往美國辦理重要事宜，回到英國後就將立即與將軍的女兒舉行婚禮。」

「也就是說，我們必須在他出國之前阻止他的婚事，還剩三天時間。」

「晚上你就和格魯納男爵見面。如果不出意外，你將可能進入他的書房。或許你沒有辦法打探到那本惡魔日記的所在，但儘量多牽制他一會兒，我自有安排。」

◈

關於福爾摩斯所說的「惡魔日記」，實際上是格魯納男爵記錄自己與大量女人淫亂生活的筆記，我們是從吉蒂．溫德小姐那裡得知的，她曾經是男爵的情婦之一。福爾摩斯在接到委託之後，就隻身前往了男爵的莊園，與格魯納見了一面，與此同時，他還派遣欣韋爾去另一個我們並不熟知的地下圈子打探與男爵相關的資訊。令我們沒有想到的是，當晚欣韋爾就帶來了吉蒂・溫德小姐。

吉蒂・溫德身材消瘦，年紀很輕，但她焦躁不安近乎神經質的面色顯示了可怕生活經歷的印痕。她說話時的聲調幾乎時時刻刻都要達到歇斯底里的地步。

「福爾摩斯先生，我已經得知您要對付那個惡魔了，胖子欣韋爾把一切都告訴我了。至於他是怎麼找到我的，這很容易，尊敬的先生，您也知道倫敦的大街小巷裡還存在著一個地獄般的世界，而我和胖子欣韋爾都是那裡的居民。」吉蒂・溫德說完了這些話，狂笑了起來。我忍不住想，這女子肯定遭受過巨大的打擊。

「先生，關於你要對付的那個傢伙，這位小姐能夠提供一些有價值的消息。」欣韋爾在一旁說。

「如果上帝還在照顧著人間，他老人家就應該將格魯納丟到地獄的最深處。我恨他，我要他死！」說著，溫德小姐的雙手瘋狂地抓向半空，就好像她眼前就是男爵的臉，她的眼中充滿了刻骨的仇恨。我的朋友請她坐下。

「謝謝，先生，我願意竭力幫助您對付格魯納。關於我的過去，您一定很好奇，但我不想多說，我只想控訴，我現在的這副樣子完全拜格魯納所賜。哪個女人黏上了他，哪個女人就毀了。他的甜言蜜語、他的英俊相貌都是毒蛇！毒蛇！」

「溫德小姐，想必你已經從欣韋爾那裡得知了目前的情況，格魯納男爵現在正打算對另一個清白的女子下手，我們必須阻止這件事情。」

「請問，那個傻女人是否知道兩年前的謀殺案？」

「當然，但她認為那些謠言都是外界因為嫉妒施加給自己未婚夫的誹謗，而且男爵本人似乎已經向她坦白了自己過去的經歷，並表示會為了她改過自新，這樣一來，天真的少女愈發迷戀他的戀人了。」

「他在犯罪，犯罪！他是個騙子，是個兇手！我就是一個證據，我就能證明格魯納是如何摧毀一個女人的！我願意和您一起去見見那個瘋狂的女子，我們必須讓她回頭。格魯納是個瘋子，他太可怕了！」

溫德小姐幾乎是在尖叫，有關格魯納男爵的記憶令她備受煎熬，稍稍平靜下來之後，她接著說：「格魯納不可能將一切都告訴那個女人了，我知道，除了他妻子之外，他還以殘忍的方式戕害過幾個人，其中大多數是他的對手，還有被他拋棄卻糾纏不休的情婦。此外，他還有一個習慣，他喜歡收集女人。」

我們面面相覷，不理解「收集女人」指的是什麼。溫德小姐解釋說：

「他喜歡染指不同類型的女人，當然，只是為了滿足自己的欲望，沒有任何真摯的感情。在他玩膩了之後，不管多麼美貌溫柔的女子都不會再引起他的一絲興趣。他有一個令人噁心的習慣，就是將每一個與他發生關係的女人都記錄在一個本子上，他詳細地記錄著每一個情人的名字、出身、外貌以及自己與她們之間發生的所有事情。有一次他喝醉了，要不然絕不會向我展示這個本子，因為看過之後我差點立刻就離開了他。我記得那個本子上面有格魯納家族的家徽，是一個綠皮本子，沒有上鎖，他習慣將這個本子隨意地放在自己書房的桌子上，他並不害怕有人會偷走它，他對自己的自衛能力十分自信。」

「這是一個非常重要的資訊，如果我們能夠想辦法將那個本子弄到手，把它交給將軍的女兒，我相信她看後一定會清醒過來。當然了，」福爾摩斯說，「想要拿到本子是十分困難的。溫德小姐，我們可以考慮一下你的建議，如果明天下午你有時間，我想帶你去見一見維奧萊特・德・梅爾維爾小姐，如果你可以說服她，我們就不用費盡周折想辦法去拿本子了。華生也一起去吧。」

第二天，我們如約來到了德・梅爾維爾將軍的家。將軍的住宅是一棟莊嚴異常的建築，就如教堂一般，讓人看上去不禁心生敬畏。

因為前一天，福爾摩斯已經送了一封信，所以我們見到了德・梅爾維爾將軍本人，他很熱情地歡迎了我們，並坦誠地表達了自己的擔憂。看來，這位戰功顯赫的將軍在他女兒的面前已經完全地敗下陣了，愁容滿面的父親完全無法理解他的女兒對男爵的瘋狂迷戀。

告別了將軍，一個女僕把我們帶到了會客室，那是一間掛著紫色窗簾的房間，十分寬敞。將軍的女兒已經等在那裡了，她冷冷地打量著我們，臉色鎮定而蒼白，令人心生寒意。她確實很美，我們一下子理解了荒淫的男爵為何要將他罪惡的雙手伸向這位小姐。

令我們更為吃驚的是，不等我們開口，她就已經得知了我們此行的目的，她說：「福爾摩斯先生，我的未婚夫不久之前提醒我說，您一定會親自找上門來，不管是誰向您提出了委託，想必您的目的只有一個，就是勸我離開我的戀人。您是傑出的人士，在自己的領域成就輝煌，這就讓我愈發不能理解您為何也加入了離間的行列。我感到很遺憾，有些話不得不說，我只是因為父命難違，方才允許了您的拜訪。不管您今天用怎樣高妙的言辭來說服我，您的努力都將是徒勞的。」

這位小姐精心地組織著自己的言辭，她的語氣傲慢無比，就像是在向她的女僕們發出指示，這讓我感到反感，同時也很痛心，想必福爾摩斯也有同樣的感受。我們不清楚這尚未出閣的少女是如何學會了這樣冷漠逼人的語氣。我的朋友開始說話，他一向不善言辭，他的表達能力與他冷靜迅捷的思維不可同日而語，但是那一天下午，我可以聽出他是發自內心地在勸阻為愛情蒙蔽了雙眼的天真女子。

可是她的臉上沒有顯示出一絲感情的變化，她聽完福爾摩斯的話，依然用冷漠的語氣說道：「我以為您能夠說出一些富有新意的話，可您的表現與其他懷有同樣目的的誹謗者沒有什麼差異。這不能不讓我懷疑外界對您的稱讚。我只有一句話送給您：我愛他，他也愛我，其他人怎麼想與我們的幸福生活無關，請離開吧。」

突然，溫德小姐上前一步，以情感強烈的目光凝視將軍的女兒，就像一團來自地獄的火焰撲向在海面上游離了千萬年的冰川。維奧萊特·德·梅爾維爾小姐不以為然地看了看她，說：「哦，抱歉，我忘了招呼這位小姐了。看來你的情緒有些激動，請問，你尊姓大名？」

「你用不著知道我的名字，我只想告訴你，我是你迷戀的那個傢伙的一個情婦！不，不，我只是被他欺騙、玩弄並被隨手丟棄的垃圾之一。不要靠近那個男人，否則你將置身於水深火熱之中，你最終的結局或是心碎，就像我一樣；或是喪命，就像他的妻子一樣。當然，你的死活與我無關，我只是恨他，不希望他一再得逞。我警告你，不出幾天，他就會對你失去興趣，你將一文不值！」

德·梅爾維爾小姐冷笑了幾下，以一種嘲弄的語氣說：「哦，看來你十分痛恨我的未婚夫，以至於對他惡語相加。我想起來了，我的未婚夫曾經向我懺悔過，他說有幾個不知廉恥的女人曾經引誘了他，他很後悔沒有控制住自己。想必你就是那些女人中的一個吧。」

溫德小姐叫喊了起來，發瘋似的準備撲向德·梅爾維爾小姐，幸而我和福爾摩斯及時阻攔了她，我知道，我們這次努力已經失敗了。在回貝克街的馬車上，溫德小姐渾身發抖，嘴裡念念有詞地低聲咒罵著，她顯然被德·梅爾維爾小姐的話深深地傷害了。

我的朋友陷入了沉思，在送走溫德小姐之後，他才對我說出了下一步的計畫，他想讓我扮作一個瓷器愛好者，藉口手中有一件罕見的瓷器想和男爵進行交易，並趁機在男爵的書房中取得那個記錄本。為此，我必須做一些準備，只是需要接觸自己原本一無所知的瓷器知識。

事實上，這項工作福爾摩斯最適合，但在接到案件委託之後，他就已經和男爵有過一次碰面。在第一個計畫失敗後，福爾摩斯遭到了暴徒的襲擊。

在福爾摩斯受傷後的幾天裡，輿論如他計畫的一樣，大肆渲染他的傷情，公眾都為福爾摩斯將在一週內死去的消息感到遺憾。傷後第七天，福爾摩斯比預想中要恢復得快，他的傷口已經基本癒合，縫合的醫用線也可以拆了，報紙卻在這一天報導他病情進一步惡化。男爵那邊沒有什麼消息，我們希望他能夠被輿論所欺騙。

就是這天晚上，福爾摩斯要我當晚就與男爵見面。之後，他與我商議具體策略。他詢問了我學習中國瓷器的效果。事實上，經過一整晚和一個上午的強行記憶，雖然談不上是個行家，但有關中國瓷器的大量知識我已經掌握。我背誦了很多專業的名詞，記住了各個朝代的重要瓷器類型以及相應的歷史紀年，我相信自己可以與男爵周旋上一陣子。福爾摩斯將一個木盒子交給了我，裡面是一個用絲綢小心包裹著的物品，我謹慎地打開，發現裡面是一個深藍色的、做工精巧的茶碟。

「這是我拜託我的委託人找來的，是正宗的明代雕花瓷器，據說類似的物件在中國都很少見，克利斯蒂文物市場上沒有比這再珍貴的瓷器了，我保證男爵定會因此接見你，」我的朋友自信地說，「他將迫不及待地與你進行交易，交易地點很可能就是在他的書房或者是書房邊的瓷器收藏室。你需要做的就是向他出售那件瓷器，其他事情我會安排好。」

「那我將以什麼身分去見他呢，我無法如實告知姓名，因為我與你的友誼是路人皆知的。」

「這是你的新身分，依然是醫生，只不過名字變了。」福爾摩斯遞給我一張名片，上面印著：希爾．巴頓醫生，金牛街三六九號。他接著說：

「我已經派人以『希爾・巴頓醫生』的名義送信給男爵，我在金牛街三六九號居住的朋友已經送來了他的回信，他對今晚的交易很感興趣，希望能夠在八點鐘準時見到『希爾・巴頓』，華生，接下來就看你的了。」

「還有一個問題，如果他問我價錢的話，一有不慎就可能表明我是外行，不如我就建議他找文物專家來進行估價。」

福爾摩斯贊同我的建議，認為這是萬無一失的方式。結束商議後，我就以另一個人的身分前往了男爵的莊園。在馬車上，我手捧著珍貴的瓷碟，為即將到來的會面忐忑不安。我的對手是一個可怕的人物，不久之前，我的朋友曾與他有過一次正面交鋒。一路上，我反覆回想著福爾摩斯所講述自己與男爵會面的場景。

那是發生在這個案件的委託人找到福爾摩斯的當天晚上。之前，我的朋友與格魯納男爵沒有過任何形式的交往。接到委託之後，他決定親自登門會見這位眾說紛紜的奧地利人。男爵在接到名片之後，接待了我的朋友並一語道破了他的動機。但男爵依然以溫柔的聲調開始了與福爾摩斯的交談，這讓我的朋友感到他這次的對手十分難以對付。在他彬彬有禮的外表之下，隱藏著眼鏡蛇一般的毒辣與陰險。

這種情況激發了福爾摩斯的鬥志。男爵對待福爾摩斯的態度很隨和，他很健談，試圖和我的朋友交流各種各樣的問題。福爾摩斯也很有耐心地應付著，他在等待適當的時機將話題轉向他與將軍女兒的婚約。福爾摩斯從他健談而隨和的態度中感到了一絲陰冷。最終，話題轉入核心。

男爵表示，他早已料到福爾摩斯會來見他，而且也知道他是被人請來阻止自己和將軍女兒的婚姻。他對我的朋友進行了一番恭維，但話鋒一轉，開始警告福爾摩斯不要插手這件事情，因為這不光是徒勞的，也是危險的，男爵奉勸我的朋友與這件事情劃清界限，以免給自己招來不必要的麻煩。

福爾摩斯並沒有示弱，而是毫不客氣地勸告男爵就此罷手，否則自己將採取一切必要的手段以阻止他的婚姻。聽了這番話，公爵一陣狂笑，他藐視地指出，我的朋友完全沒有能力阻止他。他還肯定地說，自己的未婚妻也絕不會聽從福爾摩斯的勸告。他已經用特殊、類似催眠術的方法完全掌控了將軍女兒的心理。福爾摩斯準備離開之際，男爵又一次向福爾摩斯準備發出警告，並威脅說，如果有人執意要插手，那麼他必定自身難保……

回想著福爾摩斯的描述，不知不覺，馬車已經停在了男爵家的大門外面。

我眼前的住宅有著華美的庭院，這充分顯示了格魯納家產的豐厚，正像外界所傳言的那樣。通過一條彎彎曲曲的迴廊，我穿過了裝飾著大理石雕像的花園，迴廊兩邊盡是珍稀的植物。格魯納男爵現在居住的莊園原屬於一個南非商人，是在那商人生意最為興隆的時期興建，處處顯露著華美與奢華。

花園後面的宅子，顯得有些低矮，帶有角樓，其長方形的形態顯得很陰沉。雖然低矮，但建築的堅固性與規模的確令人驚歎。一位穿著考究的男管家接待了我，將我引見給正在收藏室裡等候的男爵。

男爵的收藏室有兩扇窗子，中間則是一個敞開的巨大櫃櫥，陳列著他的一些陶瓷收藏。我進來時，房間的主人正把玩著一個小花瓶，他慢慢地轉過身子，打量著我，說：「請不要拘束，醫生，我正在整理我自己的藏品，考慮著變賣其中的一件，否則我將無法用高價來購置你帶來的珍寶。你也是陶瓷鑒賞家，我手中的這件花瓶想必你也看出了它的價值。這是七世紀的古老物品，屬於中國的唐朝，大概是在唐肅宗年間。現在，讓我看看你帶來的珍寶。」

我小心翼翼地取出碟子交給他。他坐在書桌前，借著燈光開始專心地揣摩了起來。這也給了我端詳他面貌的機會，昏黃的燈光打在他的臉上，他確實是一個美男子，能夠享譽歐洲並不是什麼奇怪的事情。

他的膚色與印度人相似，有些黝黑，一雙極具魅惑力的大眼睛放射出奇異的光芒，眼神中的焦點集中在那件明代的瓷器上。他的身材並不高大，卻顯得很優雅，可以想知其輕盈。還有他的鬢髮，出奇的烏黑，襯托著他悅目、端正的五官。只是嘴唇有些薄，就像是被尖刀劃出的切口。我覺得他很年輕，不過三十出頭的樣子，事後才得知，他已有四十三歲。

◈

「完美，真是太完美的瓷碟了，」他突然開口說話，「我不曾知曉這世界上還有這樣的珍寶，你說你有六個構成了一套，天啊，果真如此的話，你擁有的是價值連城的珍寶。不介意的話，我想知道，醫生你是通過什麼途徑得到它的？」

「如何得到它並不是什麼重要的問題，」我竭力裝出淡定的、無所謂的口氣說，「現在你已經確定它是有價值的珍品，可以請文物專家來定價。」

「我覺得還是有必要知道它的出處，」我從他的語氣與眼神中感受到了懷疑，他繼續說，「它是真品，這一點我已經沒有絲毫的懷疑，但在進行如此重要的交易時，我的習慣是去瞭解有關物品的各方面。我必須確認你有權出賣它。」

「我可以保證我有這樣的權利，我可以用我的信用銀行對此負責。」

「雖說如此，但對於這筆突如其來的交易，我覺得有些不對勁的地方。」

「我的寶貝並不缺少買家，」我不以為然地說，「之所以會先考慮你，是因為我知道你是這方面的專家，並且還出版過相應的專著。雖然我沒有讀過你的作品，但我樂於將我的收藏出賣給一個真正的鑒賞家，而非一個財大氣粗的暴發戶。」

「你的話很有意思。你在信中說自己是一個鑒賞家，卻又沒有讀過我的著作，它是這個領域非常重要的作品，對於這一點我很得意。」

「我是醫生，很忙，沒有那麼多的時間讀書。」

「是嗎？那你如何證明自己是個鑒賞家？我很懷疑。」

「我就是鑒賞家。」

「我不得不對你實說，醫生——如果你真是醫生的話——情況越來越可疑了。我想我必須出幾個問題來考考你，否則我不能確定你的真實來意。請問，北魏在中國陶瓷史上的地位？」

為了打消他的懷疑，我本可以賣弄一下自己剛剛學來的一些知識，但對方的問題太過專業，於是我假裝生氣地站起身來，說：

「先生，你毫無理由的懷疑是對我人格的侮辱，我不允許別人以這樣無禮的方式進行提問，我是來與你交易，而不是被你找來進行考試的小學生。」

在我說話的時候，他始終盯著我，我從他的眼神中感受到了越來越強烈的殺氣，突然，他驚叫了一下，牙齒從兇殘的嘴唇之間閃現了出來。他怒吼著：

「我知道了，你一定不是什麼鑒賞家，你是福爾摩斯的同夥，是他派來的奸細。好哇，我聽說那個多管閒事的傢伙就要死了，所以就派了你這樣一個鼠輩前來打探消息。你等著，想從我這裡出去，休想！你必須為你的行為付出代價！」

他跳了起來，打開了身後櫥櫃下面的一個抽屜，我想他準備取出什麼兇器來對付我。我提防著他隨時可能發出的進攻，右手已經摸向了腰間，為了防止意外發生，我在出發前就給手槍上好了子彈。就在這時，有一些聲音從他身後的書房傳來，他停止了翻找，側耳傾聽，繼而跳躍起來，返身奔向書房。

我緊隨其後到了書房的門口。眼前的景象令我瞠目結舌，我看見書房敞開的窗前站著一個人影，他的頭上纏著血跡斑斑的繃帶，那正是福爾摩斯。沒等到男爵反應過來，我的朋友逃出了房間，隱沒在夜色之中。

男爵正要緊跟著追出去，又有一個黑影從窗戶竄了出來，正是溫德小姐。她揚起了一隻手，手裡拿著一個玻璃瓶子。剎那之間，某種液體從瓶子裡灑出來，全部落在男爵臉上。那液體是硫酸。男爵滾倒在地，慘叫著，與此同時，我聽到溫德小姐瘋子一般的笑聲恐怖地在窗外迴盪著。

男爵雙手捂著腦袋在地面上翻滾著，他艱難地發出了一聲聲叫喊。我衝了過去，家中的僕人們也聞聲趕來。硫酸迅速地腐蝕了男爵的臉，之前那俊朗迷人的五官已經扭曲得模糊難辨，整張面孔變得異常恐怖。

溫德小姐已經逃走，但並沒有走遠，她的狂笑聲也沒有停下來，一陣又一陣，如同暗夜的詛咒隱隱約約傳來。幾個僕人立刻跳窗而出，向著笑聲傳來的方向追趕過去。而我，本可以馬上離開，但出於醫生的職業道德，我留下來幫助處理男爵的傷勢，直到他的家庭醫生聞訊趕來，我才趕緊返回貝克街。

◈

福爾摩斯疲憊不堪地坐在他的椅子上，臉色異常難看，想必是他的傷勢令他對今晚的行動感到力不從心。我向他講述了男爵的毀容經過，這是他所不曾預料到的。他感慨地說道：「這是他應該付出的代價，是罪惡招致這一切。我早就預料到了他不會有一個完滿的結局，惡貫滿盈者遲早會接受末日的審判。」

說著，他從桌子上拿起一個本子，這正是他從男爵書房竊得的筆記，一本淫亂的日記。福爾摩斯說：「溫德小姐一提到這本記錄，我就確信它會成為我們對付男爵的最強有力的武器。這些日子以來，我一直在盤算如何拿到這本筆記，我想到了幾個方案，包括由你拜訪男爵的時候趁機竊取筆記，但最終都因沒有十足的把握而被打消。直到那天我受到襲擊，這是一個機會，我想，可以透過報紙的誇大報導打消男爵對我的警惕。想要得到這本筆記是一件相當困難的事情，只能在晚上通過牽制住他的注意力，我才有機會採取行動。你和你手中的名貴瓷器正是發揮吸引注意力的作用。為保證行動能夠順利進行，我找來溫德小姐與我一起潛入男爵的莊園，只有她清楚那本筆記的樣子。可是，我沒想到她還隨身帶著硫酸。」

「幸虧你們速度快，那時他已經識破我的真實身分，知道我是你派來的人。」

「你所爭取來的時間已經足夠。一會兒詹姆斯爵士就會來把筆記本取走，他將把它轉交給德·梅爾維爾小姐。

儘管男爵已經毀容，但我覺得還是有必要讓那個沉迷於感情的少女讀讀這本記錄。男爵相貌的毀壞，並不意味著將軍的女兒會順理成章地放棄這段感情，我擔心那位小姐會像對待一個殉道者那樣更加迷戀他的心上人，外貌阻止不了她情感的癲狂，我們必須讓她清楚地看到男爵的全部內心，這才會讓她最終選擇放棄。」

沒多久，詹姆斯爵士趕來，他耐心聽完事情的整個經過，不時發出由衷的感慨。在倫敦的社交圈，詹姆斯爵士很有聲譽，他樂於助人為他獲取了無數真摯的友誼。

正是這位彬彬有禮的爵士當初找到了福爾摩斯，請求他去阻止格魯納男爵的這樁婚事。但詹姆斯爵士只是受人之託，這次案件的真正委託人並不是他，也不是那位德高望重的將軍。我們這次行動的主顧是一個顯貴，詹姆斯爵士無法透露他的身分。只知道，這位神祕的委託人是德．梅爾維爾將軍的親密朋友，他對待維奧萊特就像對待親生女兒一樣。

◈

詹姆斯爵士帶走了日記和茶碟——茶碟也是那位主顧的家財——準備離開。我因有事，就同爵士一起出來。一輛馬車已在街上等候，爵士坐了上去。在馬車離開的那一剎那，爵士用他的大衣將車廂上的家徽小心地遮掩起來，借著微弱的燈光，我卻看得異常清晰，吃了一驚，便又轉身回房去找福爾摩斯。

這段故事已經過去十年之久，在我的第十次要求下，福爾摩斯才同意披露這段故事，他說現在已經不礙事了。

謎 10

神探福爾摩斯 II

作　　者　阿瑟・柯南・道爾
編 譯 者　周儀文
出 版 者　大拓文化事業有限公司
執行編輯　賴美君
封面設計　林鈺恆
內文排版　姚恩涵

總 經 銷　永續圖書有限公司
劃撥帳號　18669219
地　　址　22103 新北市汐止區大同路三段一九十四號九樓之一
TEL (〇二)八六四七—三六六三
FAX (〇二)八六四七—三六六〇
E-mail yungjiuh@ms45.hinet.net
網　址 www.foreverbooks.com.tw

法律顧問　方圓法律事務所　涂成樞律師

出 版 日◇ 二〇二二年四月

國家圖書館出版品預行編目資料

神探福爾摩斯. II / 阿瑟.柯南.道爾著 ; 周儀文編譯.
-- 二版. -- 新北市 : 大拓文化事業有限公司, 民111.04
面 ;　公分. -- (謎 ; 10)
ISBN 978-986-411-158-9(平裝)

873.57　　111001915